戦争を知らない君へ

棚橋正夫
TANAHASHI MASAO

幻冬舎
MC

戦争を知らない君へ

はじめに

私は、一九三六（昭和一一）年生まれ。今年（二〇二〇年）で八四歳になる。太平洋戦争の戦災体験者の一人です。

年を追うごとに戦争を知らない若い世代が増え続け、戦争を知る人は減少の一途をたどっている。戦争という文字が風化しつつあるように思えてならない。


私が物心がつきかけたのは一九四三（昭和一八）年。国民学校（小学校のこと）一年生の頃だった。

幼くて分からなかったが、そのときすでに日本は、アメリカと戦争をしていた。日本は、一九四一（昭和一六）年一二月にアメリカとイギリスに宣戦布告をし太平洋戦争が始まった。そして、一九四五（昭和二〇）年八月。アメリカによって広島、長崎に原子爆弾を投下され、三年八カ月にわたった太平洋戦争は、日本の無条件降伏で終結した。

しかし、戦争は終わったが、大変な食料難に直面しひもじい生活を強いられた。

戦争は、国民を極度に苦しめ、全てを破壊し悲惨な結果しか残らない。

戦争は二度と起こしてはならないし、させてもいけない、と強く訴えたい。

戦争によって、私の家族が、生活が、世の中が思ってもみなかった方向へ動いていった。

小学校も疎開（注一）のため学年ごとに転校し、勉強もおろそかとなり、最悪の小学生時代を送った。

戦争は、私の忘れることのできない強烈な想い出として残っている。

この本は、日本が平和でなかった時代、戦中から戦後直後まで、小学生から中学生時代の出来事を可能な限り記憶を蘇らせ思い起こしてみた。

祖父母の愛、戦時中の平穏な暮らし、戦争の四つの恐怖（注二）、食料難、苦しい生活、母との離別など色々な出来事に出くわした。

前半は、祖父母の真の愛情、後半は、戦争による苦難をどう乗り越えて生き抜いたかをまとめてみた。

私の父親は幼少の頃に死別と聞き、母は中学生のとき離別した。

私は、祖父母と叔母たちによって育てられた。そのお陰で幾多の困難をも乗り越えることができた。

その恩は計り知れないほど大きい。そして、孫の立場でありながら、その恩に報いるため祖父母と最後まで同居し面倒をみさせてもらった。

祖父は、八一歳、祖母は八四歳で自宅で亡くなった。十分に供養をさせてもらった。今でも亡き祖父母を尊敬し敬愛の念を持ち続けている。


戦争を知らない世代のみなさまに、当時の赤裸々な暮らしの実態を少しでも伝え、また、戦時の様子を語り継いでいく意義もあるかと思い原稿を書きました。

本文をお読みくださり、一つでも二つでも参考になりお役に立てれば、この上もない喜びです。

お断りですが本文中家族のやりとりや語りの部分は、当時の事実に添いながら、一部想像で表現した箇所もあります。また、世相や背景も理解できる範囲で調べた結果をまとめました。ご了承下さい。

注一：「疎開」 災害や空襲に備えて都会の人たちを田舎などの安全な場所に移すこと。
注二：「戦争の四つの恐怖」 艦砲射撃、機銃掃射、爆弾攻撃、焼夷弾攻撃をいう。

目次

第二章　空爆の恐怖と食料難

第一章　戦時の祖父母の愛とリーダーシップ

一、大きな影響を受けた祖父母について

最初に、戦時の苦しい生活に耐え、孫である私と妹を我が子のように可愛がり大事に育ててくれた尊敬する祖父母について語っておきたい。

祖父は、一八八八（明治二一）年生まれ。

物知りで情報通で、性格は頑固で意志強く正義感に溢れた行動派だった。どんなときでも、冷静沈着で正しい判断を下す人だった。そして、家族をとても大切にした。

幼い私には、恐くて厳しい存在だったが、根は優しく包容力があった。

大正末期に、ＮＨＫが、日本で初めてラジオ放送を開始した。祖父は、三〇代後半。これからの日本は、ラジオ全盛の時代になると予測した。

独学でラジオ技術をマスターしラジオ店を開店した。鉱石ラジオ（注一）や真空管式並四ラジオ（注二）を組み立てて売りだした。それが飛ぶように売れて店はとても繁盛した。

しかし、その商売の無理がたたり、目を患い（緑内障と思われる）四〇代後半から視力

が落ちはじめ仕事ができなくなった。やむを得ずラジオ店を閉店した。

右目は何とか見えたが、左目は殆ど見えなかった。そして、若くして隠居生活に入った。

祖父の日課は、毎日、ラジオのニュースを聴き、アナウンスを復唱して頭に入れていた。

また、不自由な片目で毎朝、根気よく新聞を読み通し世の中の情報を仕入れることにも余念がなかった。


何よりも先見力と説得力に優れ、棚橋家の相談役的存在で家族を統率した。

家族は、祖父に一目置き、ご意見番として信頼と尊敬をしていた。

聡明な祖父の存在のお陰で、家族はまとまりその絆はとても強かった。

そして、目の悪い祖父の側には、いつも祖母が寄り添い身辺の面倒を見ていた。


祖母は、一八九六（明治二九）年の明治生まれだった。思いやりと優しさを持ち芯の強い京女で、祖父と共に苦労を乗り越えてきただけに根性と辛抱強さは人一倍持っていた。

いつも目の不自由な祖父を献身的に面倒をみて、喧嘩しながらも模範的な夫婦愛を感じさせた。


私は、祖父と同じくらい大好きで祖母あっての棚橋家でもあった。

注一：「鉱石ラジオ」 半導体の一種で、鉱石を使って電源なしで、空中の電波を受信し、そのエネルギーで音声を取り出してイヤホンで聞く簡易ラジオ受信機。

注二：「真空管式並四ラジオ」 真空管を四本並べて使っているので並四と呼ばれた。ST管（内部を真空にしたガラス管）が使われ木箱に入ったラジオ。回路がシンプルで調整箇所がなく感度は悪かった。二メートルくらいのアンテナ線をつなげば十分実用になった。選局ツマミと再生ツマミで最良の感度と音量に調整して放送を受信した。

二、祖父母から礼儀と躾を厳しく教えられた

棚橋家の跡取りとなる私は、祖父母に幼少の頃から礼儀作法と躾を厳しく指導された。特に人間関係の基本である **「はい」「すみません」「ありがとう」** の三つの言葉が素直に言えるまで、やかましく注意された。また、「はい」を口ごもったり、ハキハキしなかったら、

「もっと大きな声で、『はい』と言いなさい」

と叱られた。

あるとき、祖父と約束をさせられたことがあった。悪いことをしたとき最初は口頭で注意されるが、三度目も同じことをすると体罰を与えられることだった。

また、毎食事のとき、正座し感謝の気持ちを込めて手を合わせ「いただきます」「ごちそうさまでした」と言いなさいと教えられた。私はなぜか恥ずかしくてなかなか言えなかった。最初は口で注意された。三度目になると、

「正夫。何度言ったら分かるんや」

と容赦なく、祖父の平手が飛んできた。

「おじいちゃん。ごめんなさい。ちゃんと言います」

と泣いたことを今でも覚えている。

特に「約束」を破ったときは、一番厳しかった。

「外出から帰れば手を洗う」「遊びに行く前に、勉強の予習、復習をする」など、祖父と約束をした。それを破ると三度目には、ご飯を食べさせてもらえなかったり、押さえつけられて首の後ろにお灸をすえられたこともあった。

本人を戒め習慣化させるための躾なので、体罰を受けても当然だと思っていた。

ある日、祖父に叱られ叩かれて泣いた。すると、いつも祖母が介抱してくれた。

「おじいちゃんは、お前のためを思って叩いたんだよ。痛かったね。もうしないね」

と優しく抱き寄せ泣きやむまで頭を撫でていてくれた。

泣きやみ落ち着くと、必ず祖母が言う言葉があった。

「正夫。おじいちゃんから何で叱られたの？」

と優しく問いかけられた。

「〇〇して、叱られた」

と言うと、

「そうだね。良く言うた。もう、しないね」

「はい」

と言わされた。

必ず、

「自分が悪いことをしたから叱られた」

を自覚させられていた。

三、母と叔母の女手三人が家計を支えた

一九四三（昭和一八）年。棚橋家は、京都市下京区南衣田町に住んでいた。家族構成は、祖父（五五歳）祖母（四七歳）、母（二九歳）、T叔母（二二歳）、Y叔母（一七歳）、私（七歳）の六人で暮らしていた。

祖父母を中心に家族は互いに助け合いながら強い絆で結ばれていた。

私の父親は、幼い頃に亡くなり、祖父は目の病で無職。棚橋家の家計は、母と二人の叔母の女手三人の収入で生計をたてていた。二人の叔母は、大手会社に勤務していた。

母は、美貌で派手な性格だった。若い頃から社交ダンスが好きで、それを職業として京都の歌舞練場のダンスホールでダンスの師範をしていた。

当時、社交ダンスを楽しむ層は、軍の上層部か富裕層に限られていた。

当然、男性との接触が多くなり指名も多く人気者だったそうだ。心づけ（チップ）もたくさんもらったと聞かされていた。水商売的な職業だけに母が一番棚橋家に貢献していた。

母はそこで知り合った軍の上層部の軍人とお付き合いをしていた。

そして、子供を身籠った。

その男性は、陸軍の要職に就いていた。戦争が激しくなったので自宅にはあまり寄らなくなった。

間もなく子供が生まれるので、下京区の自宅では手狭となり、祖父とT叔母が探してきた中京区檜町の新築二階建ての借家に引っ越しすることになった。

新しい家は、部屋数も多くゆったりとしていて家族全員が気に入った。

そのとき、私は間もなく小学校一年生になろうとしていた。

一方、戦争は次第に激しくなっていった。

四、初対面は自分から進んで挨拶せよ

一九四三（昭和一八）年の四月。

私は、京都の朱雀第七国民学校一年生（小学校）に入学した。

戦時中は、男女共学ではなく、男は男、女は女の子ばかりのクラスだった。

当時の男子小学生は、全て兵隊と同じように丸刈りにされていた。

そして、すぐに大きくなると言われ、ひとまわり大きな帽子と服を着せられ母に連れられて入学式に出席した。すごくかっこ悪く恥ずかしく思った。

式も終わり先生に教室へ案内され一年一組の教室と自分の席を覚えた。

前日の夜、祖父から教えられていた。

「正夫。学校に行ったら一番にお友達を作りなさい。作り方は、回りの同級生にお前から話しかけて明るく挨拶をすることです。そうすればすぐにお友達ができるから」

とアドバイスされた。

笑顔と挨拶は、人と仲良くする秘訣だと教えてくれた。

「おじいちゃん。分かった。僕、そうする」

と返事をした。


月曜日、学校の門まで母に連れられて行った。教室の自分の席に座った。みんな緊張して黙って座っていた。祖父の言ったことを思い出した。

私は立ち上がって回りの同級生に、

「ぼく、棚橋といいます。よろしくね」

と明るく笑顔で頭を下げた。

同級生たちは、最初怪訝な顔をしていたが、その中の一人から「ボク。〇〇や。よろしく」と挨拶が返ってきた。一人が言うと回りの友達も次々に笑顔で名前を言ってくれた。

すぐに回りの数人と仲良くなれた。祖父の言った通りだった。

初登校で早くも友達ができて学校に行くのが楽しみとなった。

暫くして、学校にも慣れたある日、自宅でこんなことがあった。

祖母が、隣のおばさんから「正夫くんに、食べさせてあげて」と焼き芋をもらっていた。

学校から帰ると祖母が、

「正夫。隣のおばさんから焼き芋をもらったよ。おやつに食べなさい。隣のおばさんに会ったら『焼き芋、ありがとうございました』とお礼を言うんだよ。分かった」

と祖母が言った。

「おばあちゃん。分かった。おばさんに会ったらお礼を言います」

と約束をした。

祖母が、お茶を入れてくれた。「いただきます」と言って焼き芋を食べた。

食べ物のない時代なので焼き芋は大変なご馳走で美味しかった。


一晩寝ると焼き芋をもらったことをすっかり忘れてしまっていた。

翌朝、帽子をかぶりランドセルを背負って玄関で靴を履いた。

いつも祖母が見送ってくれた。「忘れ物は、ないね」と念を押され「はい」と答えた。

祖母が玄関の戸を開けて外に出た。

隣のおばさんが玄関を掃除していた。祖母が「昨日はありがとうございました」とお礼を言っている言葉が聞こえた。

私はすっかり忘れていたので頭だけ下げて通り過ぎようとした。

そのとき優しい祖母が大きな声で呼び止めた。

「これっ！　正夫！　おばさんに昨日のお礼を言いなさい」

ときつく言われた。

私は、立ち止まり、

「すみません。昨日はありがとうございました」

と帽子をかぶったまま頭を下げた。

すると祖母は、

「失礼な！　帽子を脱いで、もう一度言い直しなさい！」

とこれまでにない叱られようだった。

いつも優しい祖母が恐かった。改めて帽子を脱いで再度お礼を言った。

おばさんは、

「正夫くんは、素直でいい子ですね。学校に遅れてはいけません。早く行ってらっしゃい」

と優しい笑顔で促してくれた。「すみません。行ってきます」と再度お辞儀をしてお詫びした。当時の祖母は怒ると凄く恐かった。

「ただいま」と学校から帰った。

祖母がいきなり、

「正夫。そこに座りなさい」

玄関の間に正座させられた。

直感で朝のことだと思った。

祖母が言った。

・朝一番に知っている目上の人に会えば、「おはようございます」とお前から挨拶をしなさい。

・お礼を述べるときは、帽子を脱いでお辞儀をしなさい。

・「忘れていました」は許されません。お礼を言うと約束したのに守らなかった。約束は必ず守りなさい。

二度と同じことをさせないよう念を押され反省させられた。

「おばあちゃん。ごめんなさい。分かりました」

と謝った。

「お礼というのは、なるべく早く相手に伝えることです。礼を失することは、相手に失礼に当たります」

と付け加えられた。

祖父母は、悪いと気付く都度、その場で正しく教える指導の仕方だった。

幼少の頃の躾指導は、大人になって人間として恥ずかしくない人間に育てたい一心で厳しくされていたのだと思う。

私は、立派な考えを持った祖父母に育てられ本当に良かったと心から感謝している。

五、妹の「子守り」で発見し学んだこと

一九四三（昭和一八）年六月末に可愛い妹が生まれた。

産院へ妹を見に行った。丸々とした愛くるしい元気な女の子で天使のように思えた。

「これが僕の妹だ。お兄ちゃんになった」と思うと嬉しくて仕方がなかった。

母は、一週間ほどで退院ししばらくのあいだ仕事を休んで育児に専念していた。

母の母乳があまり出なかったので、妹は、新生児から哺乳瓶で粉ミルクを飲んでいた。

数カ月経過した。妹はすくすく元気に育っていった。

いつも昼間は、祖父母と私と妹の四人だった。


祖母は、目の悪い祖父の面倒をみながら、妹の育児もよく世話をしていた。

妹の布のおむつを取り替えたり、ミルクを飲ませたり、寝かせつけたり、妹の世話は、祖父以上に大変だった。

そして、布おむつなので、毎回付着した汚物を処理し綺麗に洗濯して再利用していた。

布おむつの作業だけでも大変だった。

汗をかきながら一生懸命両方の面倒をみている祖母をみて子供ながらにとても大変だと思った。みるにみかねて、

「おばあちゃん。僕にできる事があれば、何でもお手伝いするよ」

と申し出た。

「正夫。ありがとう。この子のお守りだけでもしてくれたら、おばあちゃんはとても助かるわ。お前は優しい子やね」

と笑顔で喜んでくれた。

「おばあちゃんみたいに上手にできないかも知れないけど、僕やってみる」

と言った。

戦争中なので子供たちはあまり外では遊ばなかった。

それから毎日、学校から帰ると「でんでん太鼓(注)」を持って妹をあやすことから始めた。

「べろべろ、ばぁ」をしたり、おもちゃで機嫌をとった。

妹も私によくなついてくれてより一層可愛くなった。

祖母は、夕食準備があるので、私が学校から帰ると、

「今日もご苦労やけど、この子のお守りよろしくね」

と妹の面倒を私に託した。

妹のお守りに慣れた頃、今度は、祖母から哺乳瓶の調乳の仕方を教えてもらった。とても大事なことなので慎重に教えられた。

ミルクを作る前に手を洗わされた。哺乳瓶は、ヤカンで良く熱湯消毒されていた。粉ミルクは専用スプーン一杯を哺乳瓶に入れてぬるま湯を注ぎ良く振って熱くないかを確かめて妹に飲ませた。

祖母は、人に物を教えるとき、必ず自分で一度やってみせて、それを私に何回かやらせて、安心して任せられるかを確認していた。

私は、すぐにコツを覚えた。

私が作るときは、必ず祖母の側で確認してもらいながら調乳した。

「正夫は、物覚えが早いわ」

と褒められ褒められると一層やる気になった。

布オムツの交換だけはできなかった。いつも祖母がやってくれた。

妹の笑顔が素敵で一緒にいると楽しかった。

毎日接していると分かってきたことがあった。

赤ちゃんだからよく泣いたり泣きやんだりした。

なぜ泣くのか？　なぜ泣きやむのか？

妹のお守りを重ねたことにより、泣くのは何かを伝えようとしているのではないかと思うようになった。

「お腹が空いた」「オムツが濡れた」「眠い」「汗をかいて暑い」など、言葉が話せないから、伝える手段として泣くのではないかと気付くようになった。


例えば、泣いていたので哺乳瓶を持っていくと、口を動かし自然と両手をバタバタさせた。飲ませると泣きやんだ。お腹が空いていたのだ。

また、オムツの紐をゆるめてやると、取り替えてもらえると思うのか泣きやんだ。

寝起きで泣いていたので、抱き起こすと泣きやんだ。

その内、泣き方や泣き声で何をすればいいか大体分かるようになっていた。

私にとっては大発見だった。妹は私にすっかりなついていった。

半年以上が経過した。

ほっぺを指でちょこっと押すとニコッと笑う、その満面の笑顔を見ると癒やされて、とても可愛かった。学校から帰ると妹をあやし一緒に過ごすことが楽しみだった。

妹は、みるみる大きく成長していった。


また、妹をあやすとき、当時学校ではやっていた歌があった。

「カエルのおみこし楽しいな。ワッショイ。ワッショイ。ワッショイ。ショイ」と歌いながら抱いてあやすとケラケラと声を出して笑ってくれた。

祖母から、

「正夫は、保母さんみたいで、あやすのがほんとに上手になった」

とまた褒められた。

なつく妹と一緒にいると、こんなに楽しい時を過ごさせてくれるのかと思った。

また、妹は、棚橋家の宝物で家族みんなから愛されていた。

祖父母は、育ち盛りの私や妹の食べる物には家計が苦しい中でも最優先で食べさせてくれた。

そして、私に、もう一つ嬉しい想い出がある。

妹の面倒をよく見たご褒美に、欲しかった憧れの自転車を買ってもらった。

当時、自転車を持っている子供は殆どいなかった。

当初は、転倒防止用に後輪に補助輪が付けられていた。

妹が寝ているあいだ、初めは、自宅前の道路で練習していた。

祖父から、

「道路は危ないから二輪で乗れるようになるまで公園で練習しなさい」

と言われた。

学校から帰ると妹にミルクを飲ませた。習慣化したのかお腹がふくれるとすぐに眠ってくれた。二〜三時間眠るので、その間、近くの公園で毎日自転車の練習に励んだ。

すぐに二輪で乗れるコツを覚えた。そして補助輪を外してもらった。

初めのうちは、何回か転倒もしたが、間もなく安全に二輪で乗れるようになった。

祖父に見てもらった。

「上手に乗れるようになった。もう道路で走ってもよろしい」

と祖父から褒められ許可が出た。とても嬉しかった。

「何事も一生懸命やればできるんだ」ということを学びとった。

当時の道路は、砂利道で舗装はされてなかった。自動車は、お金持ちしか持っていなかったので殆ど通らない。時折、牛車や馬車がのんびりと荷物を運んでいくのどかな時代だった。

毎日、自転車で走り回るのが楽しくてしようがなく、あちこち走り回り、いろいろなお店がどこにあるかも一番良く知っていた。

祖母から「豆腐」や「野菜」を買ってきてとお使いにも行かされるようになった。

お金のやり取りやお釣りのことも覚えた。

「正夫がいるから助かるわ」

と言われ、私は、祖母の家事にも大変貢献していた。

好奇心旺盛でわんぱく坊主の私だったが、
今から思えば小学生としては、できすぎるぐらいよくやったと思う。

そして、素直で家庭的な少年でもあった。

注：「でんでん太鼓」　小さな子供をあやす「がらがら」と同じで棒状の持ち手がついていて、小さ

な太鼓の両側に紐がつけられ、その先に小さな玉が結び付けられている。その棒の持ち手を左右に回すことにより、玉が太鼓の膜に当たって音を立てるので、子供が喜ぶ民芸玩具。

六、昔の家事は重労働だった

当時はガスのない時代だった。

炊飯は、どこの家庭でも「かまど」に頼っていた。そのため各家庭には煙突が付いていた。

「かまど」でご飯やおかずを炊いた。火を起こすのが大変だった。

かまどに新聞紙を入れその上に割木を載せてマッチで火を点ける。

火吹き竹を使い、息を吹き込みながら火力を強め、割木を次々と放り込み火力を強めて煮炊きしていた。朝昼晩と、だいたい同じ時刻に炊くので、あちこちの家から煙がたなびき風向きによっては、夏は家にいても煙で目が痛くなり煙たく感じることもあった。

祖母から面白いご飯の炊き方を聞いた。

「はじめチョロチョロ中ぱっぱ、ジュージュー噴いたら火を止めて、赤子泣いても蓋とるな、そこへばば様とんできて、わらしべ一束くべまして、それで蒸らしてできあがり」の手順でご飯を炊くと美味しく炊けると教えてくれた。

洗濯も大変だった。洗濯機などない時代。玄関先に大きな「金タライ」を置き水道の蛇口から長いゴムホースを引っ張ってタライに水を導く。タライに波板状の洗濯板を入れて、洗濯物を乗せる。固形石鹼をつけて手でゴシゴシと一枚ずつ洗った。量が多いと大変だった。すすぎも一枚ずつ綺麗に水道水で洗い手で絞った。

時間もかかり、かがんで作業するので大変な重労働だった。

終わると洗濯物を籠に入れ、二階の物干し台へ運び竿竹にかけて干していた。

部屋の掃除は、冬でも窓を全開にして「座敷ほうき」を持って各部屋を掃いて回っていた。ゴミを集めてちり取りに入れ、それを古新聞に包み込み、玄関先に置いてある木箱のゴミ箱に捨てていた。

ほうきで掃くので部屋中にホコリが充満して不衛生だったが、当時は何とも思わず平気で掃除をしていた。

そんな大変な家事を、祖母は、文句も言わずに毎日一人で当たり前のようにこなしていた。

棚橋家の中で祖母が、一番の働き者だった。昔の主婦はとても大変だった。

そんな祖母に、家族は感謝しながら心から敬意を払っていた。

七、小学校一年生の時、静岡へ家族疎開した

京都の朱雀第七国民学校（小学校）で一年生の二学期が終わろうとしていた。

友達もできて楽しく学校生活を送っていた。ところが、それができなくなってしまった。

その頃、戦争が、日本本土に及んできた。

冬休み直前、我が家で「おかしいなぁ」と思うことが起こっていた。祖父とT叔母が何

日も家をあけて帰ってこなかった。寂しかったので、祖母に、

「おじいちゃんとおばちゃんは、どこに行ったん？」

と聞いた。

「明日帰ってくるから心配しないで」

と理由は教えてくれなかった。


翌日、祖父たちが帰宅した。夕食の時、家族全員が揃った。祖父が硬い表情で切り出した。

「アメリカとの戦争が激しくなってきた。東京の一部が空爆されたようだ。次は、京都か大阪が爆撃されるかもしれないと噂が飛んでいる。

ここに住んでいては危ない。家族の安全を守るため、静岡の片田舎に引っ越しすることにしたい。とても、いい家を借りることができた。あそこなら安全で安心して暮らせると思う。京都空爆も時間の問題と思うので早く静岡へ引っ越したい。みなを守るため了承してほしい。戦争は、これから今以上に激しくなると思う。いろんなつらいことが起こるかも知れないが、それでも家族みんな力を合わせて乗り越えていこう」

と祖父が転宅と団結を呼びかけた。

なぜ静岡なのか理由の説明はなかった。いまだに不明だ。

そして、祖父が続けた、「引っ越し先は静岡県の草薙《くさなぎ》というところで、日本武尊（注一）が祀られている有名な草薙神社のある田舎町だ。

伊藤さんという農家の離れを借りることになった。のどかで静かないいところだ。

みんなきっと喜んでくれると思う。正夫の冬休み中に引っ越したい」と。

そのとき祖父の顔は、これまで見たこともない真剣な面持ちで話していた。

みんな祖父の話に賛成した。

祖父は、決断をするまでは慎重だが、決まると即行動に移す人だった。

その翌日。もうトラックが来て家財道具を積み込み静岡へ向かった。

祖父と叔母二人は、荷物を受け取るため先発隊として出発した。

それから三日目の早朝、祖母と母に連れられ、私と妹（当時六カ月）の四人が、蒸気機関車に乗って京都駅から草薙《くさなぎ》へと向かった。長時間かかって、やっと草薙駅に到着した。

叔母が出迎えてくれて駅から近い引っ越し先の家へ連れていってくれた。

そこは、瓦葺きの平屋建ての農家の離れだった。台所と部屋が五つもあり、風呂は五右衛門風呂（注二）だった。
　建て込んでいた京都市中京区の檜町とは異なり、周囲の建物はまばらで、旧東海道に面した松林のある静かなところで、ここなら爆撃は来ないだろうと思えるほどの片田舎だった。

　冬休みに入った翌日、母と一緒に有度村国民学校（小学校）へ転校手続きに行った。

　静岡は、風が強くて寒いところだったが、その日は、日が照り快晴でのどかな日だった。

　東海道の松林を歩きながら両側に、何列にも広がる丸い緑の畑を眺めながら歩いていた。

「正夫。あれが、茶畑よ。静岡はお茶が名産なのよ」

　と母が教えてくれた。

　初めて見る茶畑の風景にみとれた。

「お母さん。緑がきれいやね」

「きれいやね」

　母に寄り添って暫し立ち止まりながら眺めていた。

　突然母が、

「正夫。ほらっ。富士山が見えるよ」

と東の方を指さした。

生まれて初めて見る雪をかぶった富士山の雄大な姿は素晴らしかった。みとれた。

「うわぁ。お母さん。あれが富士山。格好いい！」

と言った。私と母は暫くそこに佇んで富士山をじっと眺めていた。母と共に癒やされた平和なひとときだった。

その頃の母は、私にとても優しく話もよくしてくれて大好きなお母さんだった。


自宅から学校まで徒歩で約二〇分くらい。

職員室の応接間で担任の先生に会い転校手続きを済ませた。

教科書と時間割をもらって、京都と同じ、一年一組の教室に案内された。

「棚橋君の机はここです」と棚橋正夫君とひらがなで書かれた机を紹介された。

自分の名前が書かれていたのでとても嬉しかった。

この冬休みが終われば、自宅付近の子供たちと一緒にグループで登校するよう先生から指示された。

「三学期からよろしくお願いします」

と挨拶をして帰途に就いた。

帰りは、茶畑と茶畑の間にある農道（後述の機銃掃射を受けた場所）を通って田舎ののどかさを満喫していた。

富士山が、毎日見える学校に行けると思うと楽しくてしかたがなかった。

ところが、三学期の初日の登校から、思いもよらない出来事が起こった。

注一：「日本武尊《やまとたけるのみこと》」　古代日本の伝説上の英雄。一二代目の景行天皇の皇子。東方の蝦夷征伐を命じられ、野火の火難で草薙の剣で野火を切り払い救われた。日本で一番強い男性と言われている。

注二：「五右衛門風呂」　安土桃山時代の盗賊の石川五右衛門は、京都の三条河原で釜ゆでの刑で処刑された。それにちなんだ風呂桶のこと。丸い風呂桶の下が鉄の釜でできていて、風呂に入るときは桶の底へ踏み板を沈めて、火傷をしないように入った。

八、村の子供たちから関西弁とランドセルでいじめられた

静岡の小学校に初登校する朝。母に連れられて、みんなが集まる場所へランドセルを背負って行った。

十数人の上級生や下級生が集まっていた。

母が、

「みなさん。お早うございます。今日から、みなさんと一緒に登校します息子の棚橋正夫と言います。仲良くしてやって下さい。よろしくお願いします」

とみんなに頭を下げた。

私は「棚橋正夫です」と帽子を脱いでぺこりと頭を下げた。

がき大将みたいな上級生が、

「えっ。何て言う名前？」

と関東の言葉で聞き返した。

「た・な・は・し。棚橋と申します。みなさん。よろしくです」

と母が言った。

「たなはしか。棚橋だって。みんな仲良くしてやれよ」

と言ってくれた。

「じゃ。行こうか」とリーダーが登校を始めた。私だけがランドセルを背負っていた。みんなは、手作りの肩掛けカバンだった。

歩き出した。みんなが話している静岡の言葉（以下関東弁と表記）は、かっこ良くここちよく聞こえた。

関西の言葉と比べると歯切れ良くきれいな言葉に聞こえた。

ある子が、

「君。どこから来たんだ？」

と聞いてきた。

「ぼくは、京都から来たんや」

と関西なまり（以下関西弁と表記）で答えた。みんな顔を見合わせクスクスと笑った。

関西弁を聞くのが初めての子供たちばかりだった。

「君の名前は、何だっけ？」

「たなはし まさおや」

「家の住所は？」

「まだ、よう覚えてへんわ」と答えた。

一言言うたびに、みんなゲラゲラと笑った。

「兄妹はいるの？」

と聞いてきた。

あえて関西弁を喋らせようとする意地悪な質問だと思った。

馬鹿にされているように思い腹が立った。

「もう、あんたらには、もの言わへんわ」

と強く言い返した。

「こいつ、生意気や！　一人だけランドセルなんか持ちやがって」

と上級生らしき生徒がランドセルの上に鉛筆削りの小刀を突き刺し斜めにひっかいた。

「なにするねん。やめてくれ」

と言い返し睨み付けた。すると他の子が、ランドセルごと両手で強く押した。突き飛ばされて前のめりになり地面にうつぶせに倒れた。

みんなは見て見ぬふりをして嘲笑いながら行き過ぎていった。

おでこと両膝から血が滲んだ。

「何で初日からこんな目に遭わされるんや」

悔しくて情けなくて起き上がりながら彼らを睨み付けて泣いていた。

「ちくしょう。あいつらに負けてたまるか」

と歯を食いしばり一人で学校の門をくぐった。

一年一組の教室に入った。棚橋正夫君と書かれた机に座った。

当時は、関西からの転校生などいない時代なので、クラスメイトは、新入りの私が珍しく興味を持って話しかけてきた。また、喋ると笑われると思い「うん」と「はい」しか答えなかった。

「何だ。こいつ。愛想がない奴だ」と思われたようだった。

授業で担任の先生がやって来た。

「棚橋くん。教壇へ来なさい。みなさんに挨拶しましょう。どこから来たのかと名前を言って下さい」

と言われた。

「はい。ぼくは、京都から引っ越してきました。棚橋正夫といいます。よろしくお願いします」

と関西なまりで挨拶した。するとクラス全員が笑った。

先生、

「静かにしなさい。棚橋君は、関西から来たので関西の言葉しか話せません。笑ってはいけません。棚橋君が可哀想です。いいですかみなさん」

とみんなに諭してくれた。

しかし、一言言うと笑ったり、からかわれたりするので話すのが恐くなっていった。

関西弁ってそんなに可笑しいのかと疑問に感じた。


学校から帰宅した。元気のない私を見た祖父から、

「正夫。学校はどうだった」

と聞かれた。「別に」と答えていじめられたことは話さなかった。

「何かあったら、何でも言いなさい」

と優しく言われたが黙っていた。

翌日から、嫌だったが集合時間ぎりぎりに行った。そして、黙ってグループの後ろについていった。誰も何も話してくれなかった。無視されているように思えた。寂しかった。

そして、学校でも必要なこと以外は喋らなくなった。

京都の学校は好きだったのに静岡の学校は嫌いになっていた。

元気もなくなり大きな声も出さなくなった。友達もできなかった。しょんぼりしていた。

学校に行くのが辛くてたまらない毎日が数日間続いた。


帰宅すると、いつもひとりぼっちで自転車に乗って遊んでいた。

ある日、いつもの通学グループに出くわした。そのうちの一人が通せんぼをした。

急ブレーキをかけた。

「おい棚橋。自転車も持っていたのか。俺たちも乗せろよ」

と言ってきた。

「いやだっ！」

と拒否すると

「ランドセルや自転車は、お前しか持ってないんだ。自転車くらい貸したらどうだ」

と詰め寄られた。自転車から降りてハンドルを持って引き返そうとしたが、上級生に力づくで自転車を奪われた。

「自転車を返せ！」

と叫んで追いかけたが聞き入れられずグループに乗っ取られた。

自転車に乗ったことがない連中だったので誰もうまく乗れなかった。頭にきたのか、

「こんな乗れない自転車。いらないわ」

と言って、急な坂の下の田んぼへ自転車を放り投げられた。

「何でそんなことするんや」

と泣いてくってかかったが、彼らは、ふざけて逃げて帰った。

急な傾斜地の下なので子供では自転車を引き上げることはできなかった。

悔しくて情けなくて一人でシクシク泣きながら自宅に戻った。

「正夫。どうした。何かあったのか？」

と祖父が心配そうに話しかけた。

我慢できず、「おじいちゃん」と言って、わんわん泣きながら祖父に抱きついた。

「泣いていては分からん。何があったか、ちゃんと話しなさい」

と祖父が言った。

「ぼくな。みんなにいじめられて自転車を田んぼの中に放り込まれたんや。ぼく、学校も遊びに行くのも、もういやや。いじめられてばっかりや」

とさらに大声で泣き崩れ祖父の胸にもたれた。

祖父は、暫く黙って優しく背中をさすってくれていた。

そして、登校中も教室でもいじめられていたことも初めて話した。

祖父は既に見抜いていたようだった。

「正夫。そうか。よう話してくれた。おじいさんはな。お前の味方や。安心しなさい。胸にもたれたままでは話しにくいから、おじいさんの前にちゃんと座りなさい」

と言われ正座させられた。泣きながら祖父の話を聞いた。

「いいか、正夫。よく聞きなさい。お前がいじめられているのは、お前の顔や性格が悪いからではない。お前はなんにも悪くない。みんなは、今まで聞いたこともない聞きなれない言葉がおかしくてからかっているだけや。関西弁は何にも恥ずかしくない言葉や。むしろ関東弁より柔らかくて優しさのある言葉や。笑われても、からかわれても構わないから堂々と使いなさい。自信を持って関西弁をみんなに教えてやりなさい。関西弁って面白いやろと開き直ればいいのや。お前ならきっとできる。静岡の子供たちに負けたらあかん。負けずにやり通しなさい。関西弁はいい言葉や」

と優しく力説してくれた。

「それから、ランドセルと自転車のことやが、お前しか持っていないから、そのねたみでいじめられたと思う。だから、今夜、おばあさんに、みんなと一緒の肩掛けカバンを作ってもらおう。明日からランドセルをやめてみんなと一緒の肩掛けカバンで学校に行きなさい。自転車については、お前ばかりが乗っているからねたまれているのや。逆にお前が乗らずにみんなに自転車を貸してあげなさい。そして、乗れない子がおったら乗り方をお前が教えてあげればいい。そうすれば、きっと自転車がみんなとお前をつないで仲良くしてくれると思う。そうしなさい。正夫。分かったか」

と言われた。

祖父に強く元気づけられた。

ぼく個人が悪いのではない。ねたみや羨ましさからくるいじめだと気付かされた。

祖父の言う通りだと思った。嬉しかった。

祖父が一番僕のことを分かってくれる強い味方だと思い胸にさらに抱きついた。

「おじいちゃん。ありがとう。うまくいくかどうか分からないけど、おじいちゃんの言う通り明日やってみるわ」

と言うと、

「やってごらん。きっとうまくいくと思うよ。お前ならできる。頑張って」

と微笑みながら両肩を優しくとんとんと叩かれ励まされた。


その後、祖父を自転車落下現場へ案内した。

「おじいちゃん。ここや」

と指さした。祖父は、急な坂をおりて田んぼの中から汗を滲ませながら子供自転車を抱えて引き上げてくれた。

「おじいちゃん。ありがとう。ありがとう」

嬉しくて祖父の腕に思わず寄り添った。

祖父は、黙って頭を撫でていてくれた。自転車を押しながら祖父と二人で家に戻った。日頃は、厳しい祖父だと思っていた。僕のために心から優しく思いやり溢れた祖父に気付いた。祖父が、さらに大好きになった。

翌朝、祖母が夜なべで作ってくれた肩掛けカバンに教科書を入れて、みんなの待つ集合場所に行った。

「みなさん。おはようございます」

と関西なまりで大きな声で挨拶した。

みんなあ然として顔を見合わせた。

「棚橋、ランドセルは?」

と上級生が聞いた。

「あれ重たいし、かさばるし、今日からみんなと一緒の肩掛けカバンの方がいいわ」

と言うと、

「そうだろう。その方が楽だろう」

と言った。

「うん。この方がええわ。ほんまに楽やわ」

と堂々と関西弁を使った。

みんなが笑ったがいずれは分かってくれると思い気にしなかった。

教室でも関西弁で笑われても、「関西弁って、おもろいやろ」と逆に開き直ってみんなを笑わした。「関西弁の一部を教えたるわ。『ありがとう』は、『おおきに』と言い、『さようなら』は『さいなら』と言うのや」と教えると面白いやつだとみんなが馴染んできてくれた。

そのうち、関東弁のイントネーションが自然と身に付き、いつの間にか関東弁を交えた関西弁に変わっていった。すっかりみんなと仲良くなり交流ができるようになった。

学校に行くのが楽しくなった。

自転車についても、

「みんな。自転車。貸してあげるから早く乗れるようになってや」

とみんなに貸し与えた。みんなは喜んで自転車で遊んでくれた。祖父が言っていた通り、自転車を介してみんなと仲良くなることができた。

祖父の教えによっていじめによる苦しさから解放された。

友達もたくさんできて京都と同じように楽しい学校生活が送れるようになった。

祖父に嬉しさを伝えた。

「正夫。みんなと仲良くなれて良かった、ほんとに良かった。わしの言うことを実行したお前がえらいのや。よくやった」

と喜んで褒めてくれた。

祖父に心から感謝した。静岡は嫌いだと思っていたが好きになった。

祖父から、「逆手に取ることが、功を成す」を教えられた。

九、戦時中の子供の遊び

戦時中の静岡での遊びは、自分たちで工夫しながら単純な遊びが主だった。

あまり知られていない遊びを紹介すると、物がない時代、上級生も下級生も一緒になっていつもグループで遊んでいた。

どんま（どうまとも言う）

一二人以上いると、この遊びができた。馬組六人と乗り組六人の二手に分かれる。馬組はメンバーの一人が、立ち馬になって壁に背を向けて正面を向いて立つ。馬組のそれぞれが、立ち馬の股ぐらに、首を突っ込み両手で立ち馬の両足を抱える。さらに、第二馬は、第一馬の股ぐらに首を突っ込み両手を第一馬の両足を抱える。同じように第三馬から第五馬まで首を突っ込んで馬となる。背中を上にして第一馬から第五馬まで約五メートルくらい数珠つなぎ状態になる。

馬に乗るメンバーは、跳び箱の要領で一人ずつ五〜六メートルくらい後方から駆けだし、第四馬くらいの背をめがけて跳び箱の要領で両手をついて馬の背中に勢いよく乗る。その衝撃で一人でも馬側の態勢が崩れると、崩れた人は馬になり続ける。崩れなければ、崩れなかった人が乗り手となり、今度は、乗り手が馬になる。乗り手がいかに馬を崩すかの乱暴な遊びだった。

瓦当て

瓦を、たがねと金槌で適当に割ってやすりを使って幅一〇センチメートル、縦七センチメートルくらいに削って四角い小さな形で立つように作る。地面に幅三メートルくらいの間隔に横に線を引いておく。

六人なら三人ずつに分かれて、ジャンケンで先攻後攻を決める。

後攻組は、線の上に三〇センチメートルくらいの間隔で自分の四角い瓦を三個立てて置く。

先攻組は、三メートル離れた位置から、左の足首に瓦を乗せて、右足立ちしながら、瓦が落ちないように左足を前後に振って、相手の瓦めがけて瓦を足投げして相手の瓦に当てるゲーム。当てて倒せば勝ちになる。三人とも当たらなければ、相手の攻撃となる。

肉弾ケンケン

全員片足立ちになる。五人いればむかえ撃つ四人と攻撃する一人に分かれる。

地面に、直径二メートルくらいの正円を描いて四人が腕組みをして片足立ちで円の中に陣取る。

攻撃する一人は、腕組みでケンケンをしながら四人に体当たりをする。攻撃者は、体当たりをしてふらつき両足を地面につけるとアウト。つけられるのは三回まで許される。

円の中の四人は体当たりされて片足立ちから両足をついたり、円の外に出るとアウト。攻撃者は、一人で何人アウトにすることができるかを競うゲーム。

だるまさんがころんだ

オニは、壁に向かって両手で目隠しして「だるまさんがころんだ」と言っている間だけ他の人は動くことができる。オニが振り向いて動いている人を見つけるとアウト。オニに気付かれずに、オニにいかに早くタッチするかを競う遊び。

小学一年生の後半は、友達もたくさんできて、みんなと屋外で楽しく遊び平穏な月日を送っていた。

暫く平穏な月日が経過していた。

ところが、一変して死ぬか生きるかの恐ろしい出来事に遭遇した。

第二章　空爆の恐怖と食料難

一、艦砲射撃と爆弾攻撃に遭う

真夜中だった。突然、屋根の上を「シュルシュルシュル」という大きな音がして静寂が破られた。少し間を置いて「ドド～ン」という大きな爆発音が聞こえた。家が地震のように揺れた。警戒警報も空襲警報も鳴らなかった。私は、びっくりして目が覚めた。恐ろしいことが起こりそうな予感がした。恐くて頭から布団をかぶった。

祖父が懐中電灯を点けた。

「みんな起きろ。空襲だ！　防空ずきんをかぶれ！　縁の下の防空壕へ入ろう！　電気は点けるな！　足下に気を付けて！」

と大きな声で家族全員を叩き起こした。

真っ暗な土間で草履をはくのを懐中電灯で照らしてくれた。

縁の下の防空壕に行くには、いったん、外に出なくてはならない。

震えている私に祖母が
「正夫。みんながいるから大丈夫だから、早く防空ずきんをかぶって。草履をはきなさい」

と急がした。

家族みんな、防空ずきんをかぶり寝間着のまま祖父のいる木戸のそばに寄り合った。

「わしが、木戸を開けるから、落ち着いて一人ずつ防空壕に入れ！　気を付けて！」

と叫び木戸を開けた。木戸から防空壕まで三メートルくらいあった。


また「シュルシュルシュルシュル」とより大きな音がして砲弾が屋根の上を通過し、「ドドーン」と遠くで爆発して地響きが起こった。外で聞くとその音はとても大きかった。

僕は「キャァ〜」と大きな悲鳴を上げ母にしがみついた。

母に抱かれていた妹（一歳）も泣き出した。祖父が防空壕の入り口のむしろを開けた。

「足下に気を付けて落ち着いて入りなさい」

と指示をした。

母の後ろについて、生まれて初めて自宅の縁の下の防空壕に入った。

防空壕は、縁の下の土を二メートルくらい掘った三平方メートルくらいの簡単なものだった。

今から思えば爆弾や焼夷弾が落ちれば何の役にも立たない防空壕だったろう。閉鎖された空間に入ると助かるかもしれないという安心感を感じた。中は真っ暗で恐かった。祖父が入ってきて防空壕の柱に懐中電灯をぶら下げ明るくしてくれた。明るさも安心を与えた。

祖母が各人の毛布を持って最後に入ってきた。そして、懐から哺乳瓶を取り出して母に渡した。泣いていた妹に飲ませた。妹はすぐに泣きやんだ。

非常のときでも祖母の家族への気配りや思いやりは変わらなかった。


狭い防空壕に祖父母、叔母二人、母と私と妹の七人が毛布をかぶりながら不安な面持ちで寄り添っていた。

爆風で鼓膜が破れたり目玉が飛び出すのを防ぐため非常訓練で教えられていた通り、祖父が指示した。

「攻撃が終わるまで、目と耳を両手で押さえなさい」

みんな怯えて顔がこわばっていたが祖父の言う通りにした。

爆発音は、次第に単発から連続音に変わっていった。

「シュルシュル」「シュルシュルシュル」

鈍い音が続く。

屋根の上を砲弾が何発も何発も飛んでいった。「ドカーン」「ドドーン」「ズズーン」と爆発する音が連続して聞こえ、その都度、家全体が地震のように揺れた。防空壕の土がバラバラとこぼれ落ちた。「キャー。恐い」と祖母にしがみついた。私は、恐怖でものが言えなかった。

いつ我が家に直撃弾が落ちてくるかと思うとハラハラドキドキしながら恐くて生きた心地がしなかった。

家族を落ち着かせるため、祖父が言った。

「これは、飛行機からの攻撃ではない。屋根の上を砲弾が通過しているから、艦砲射撃だ(注一)と思う。しかも、遠くに着弾しているから、この辺りを狙っているのではなさそうだ。もう暫くじっと我慢して様子を見てみよう」

と全員を励まし安心を与えた。

そのときの祖父は、物怖じせず凜としていて落ち着いていていた。

そんな祖父を見て強くて頼りになる強い人だと思った。

攻撃は一時間ばかり続いた。音がやっと途切れてきた。元の静けさに戻った。

祖父が、防空壕から外に出て様子を見に行った。

「もう大丈夫のようだ。この辺りに落ちなくて良かった。寒いから家の中へ入ろう」

と声をかけた。

みんな無言で恐る恐る防空壕から出て部屋に戻った。私は不安で朝まで寝られなかった。

翌朝、情報通の祖父から聞いた。

「自宅から北の方にある巴川付近の軍事工場や日本平にある軍の施設を狙って御前崎南方海上の太平洋から艦砲射撃をしてきたようだ」

と説明してくれた。

自宅に爆弾が落ちてこなくて本当に良かったと思った。

静岡に疎開し初めて体験した攻撃の怖さは、一番身にしみて忘れられない想い出となった。

そして、その一カ月後、今度は、もっと恐ろしい攻撃に遭遇した。

二度目の攻撃も真夜中だった。突然。裏の家主の伊藤さんが、

「棚橋さん！　空襲ですよ！　早く起きてください！　うちの防空壕に来てください」

と大声で叫んだ。

祖父が声をあげた。

「みんな起きろ！　今度は、空襲のようだ！」

家族全員が飛び起きた。祖父が裏木戸を開けた。外は真っ暗なはずなのに昼のように明るかった。石ころまで鮮明に見えた。家主の家の台所の窓ガラスを見ると空一面に落下傘にぶら下がった照明弾が燃えながら次々と落下していた。

祖父は危険を感じ、五〇メートルほど離れた伊藤さんの防空壕へ行くのは危険だと判断した。仕方なく、また、自宅の縁の下の防空壕へ家族全員を誘導した。入るのは二度目だ。

暫くすると「ドドォ～ン」と大きな爆発音がして「ズ～ズン」と地響きが起こった。

その振動で防空壕の壁の土がバラバラと崩れ落ちた。続いて至近距離と思われる爆弾が落ちた。

「ドドォ～ン」「ズ～ズン」と大きな音と揺れが続いた。

その恐ろしさは、前回の艦砲射撃の比ではなかった。爆弾が落ちる都度、地鳴りが続き

家が激しく揺すられた。

私は「今度こそ死ぬかもしれない」と思った。

恐くてアゴがガクガクと震え恐怖でものが言えなかった。

アメリカのＢ29爆撃機が上空を旋回しながら爆弾を投下していたのだ。

祖父が「今回は、飛行機から爆弾を落としている。激しくなってきている。いつ直撃を受けるかもしれない。死ぬときは家族一緒だ。ここに落ちないことを願っているが、みんな覚悟だけはしておきなさい。死ぬときはみんな一緒だ」

とさすがに祖父も悲壮な顔付きで言った。

縁の下の防空壕は心細かった。伊藤さんの防空壕は、畑の中に作られ頑丈で大きな丸太で組まれた本格的な物だった。そこへ行きたかった。しかし、外では爆発で炸裂した、溶解した破片（鉄の塊）が弾丸のように四方八方に飛び交っていた。家の側面の木の壁に「ビシ」「バシ」と突き刺さる音が連続して聞こえた。外に出るのは極めて危険だった。

しばらくして「ドカァ～ン」と超至近距離に爆弾が炸裂した。もの凄い音がした。

私は「キャー」と叫んだ。防空壕が激しく揺れ土が大量に崩れ落ちた。家が倒れるのではないかと思った。

「ドーン」「バラバラ」と音がした。爆発で吹っ飛んできた大きな破片が屋根瓦を貫通して家の土間に落ちたようだ。地面に「カラカラカラ～ン」と物が転がる音が聞こえた。その音を聞いて、妹は泣くし、私は祖母にしがみついて震えていた。

「もうダメかもしれない」

と爆弾が落ちる都度、何度も思った。家族は無言で身を寄せるだけで恐くてどうすることもできなかった。

至近弾が何発か落ちた。次は直撃かとハラハラし恐ろしい時間が経過した。

家族も「もう、だめかもしれない」とみんな諦めだした矢先、爆発音が遠くで聞こえるようになった。音も次第に小さくなり、そのうち聞こえなくなった。ほっとした。

祖父が、

「爆撃が終わったようだ。直撃を免れた。家もみんなも助かってほんとに良かった」

と言った。みんな胸を撫で下ろした。

爆発音が聞こえなくなり、家主の伊藤さんが、

「棚橋さん。大丈夫でしたか」

とお見舞いに来てくれた。祖父が丁寧にお礼を述べていた。

自宅周辺のあちこちに直撃弾の被害があり翌日から学校は休校になった。

朝になった。祖父が、「正夫。生きている人がいるかもしれない。一緒に助けに行こう。ついておいで」と言った。行きたくなかった私の手を強く引っ張り外へ連れ出した。

そして、直撃弾を受けた家を祖父と一緒に見に行った。

駅の近くに親しかった友達の大きな家があった。裏庭には頑丈な防空壕もあったのに、何と直径三〇メートルくらいの大きな穴だけが空いていて頑丈な田舎の家は木っ端みじんに飛び散り跡形もなかった。一トン爆弾が落とされたと聞いた。友達もその家族も全員亡くなった。

とても気の毒で可哀想に思った。祖父が、両手を合わせた。私も一緒に合掌した。

子供ながらに、「何でこんな恐ろしい目に遭わされるんだ」とアメリカを憎み戦争の恐ろしさをしみじみと実感した。

それだけではなかった。今度は、学校帰りに戦闘機の機関銃で狙い撃ちされ目の前で友達が死んでいった。

注一：「艦砲射撃」 海上から軍艦に搭載された大砲で、陸地にある軍事施設や軍事工場を目標に弾丸を発射し攻撃すること。

注二：「爆弾攻撃」 アメリカの戦略爆撃機B29に搭載された一トン爆弾（長さ約一・八メートル。直径約六〇センチメートル）が投下され軍事工場や軍事施設を空爆した。一発の爆発により約一〇〇メートル以内の建物は木っ端みじんに破壊された。

二、学校帰り機銃掃射に遭い友達が撃たれた

小学二年生になった。戦争で物が不足してきた。ノートや鉛筆が買えなくなった。ノートは新聞全紙を四ツ折りにして小刀で八枚（ほぼA４大）に切ったものを、こよりで綴りノート代わりにした。鉛筆もなかったので、学校の机には常時習字の硯石を置いて

筆で書き取りをした。

学校の一週間の時間割は、警戒警報、空襲警報によって、まともな授業は受けられなかった。警報が鳴る都度、授業が中断され生徒全員が帰宅させられた。そのため、時間割が不規則となり曜日通りの授業はできなかった。

月曜日に金曜日の時間割で授業があったり、ひどいときには、一週間も遅れ土曜日に月曜日の時間割で授業が行われた。

一九四四（昭和一九）年の後半になると、毎日のように敵機襲来で警報が頻繁に鳴った。戦争が激しさを増してきていることを実感していた。アメリカの航空母艦が日本本土に接近し、戦闘機（グラマン）が日本上空（注）に簡単に飛来するようになった。当時の戦闘機はプロペラ機で機関銃による攻撃（機銃掃射と呼んだ）が多発していた。

初めは、軍事工場や基地を重点に攻撃していたが、そのうち、情け容赦なく学校や病院も狙うようになっていた。

学校の先生から帰宅途中の避難の仕方が教えられた。

「戦闘機の攻撃で亡くなる人が多くなってきました。道路を歩くときは、被害を少なくするため道路の端を一列に並んで前の人と間隔をおいて歩きなさい。固まって歩かないこと。もし、飛行機が飛んできたら道路上にいると狙われるので道路の傾斜面か茶畑の中に飛び込みなさい。そしてうつ伏せになって体を動かさず死んだふりをしなさい。動くと狙われます。じっとしていることです」

ある日の午後。授業中に警戒警報のサイレンが鳴った。授業は直ちに中断された。帰宅指示が出された。学校に頑丈な防空壕があったが人数が限られていて学校から遠い生徒だけが利用できた。

生徒たちは、日頃から訓練されていたので各グループに分かれて帰途についた。学校から自宅に比較的近い私たちは、三〇人ばかりいた。

帰り道は、遮る物が何もない茶畑と並行した農道（幅三メートルほど）を利用するのが一番近道だった。

上級生のリーダーが、前の人と後ろの人の間隔を一メートル以上空けさせて縦一列に並ばせて、小走りで自宅に向かうよう指示をした。

私は先頭ブロックの前方にいた。みんな無言で小走りで走っていた。

そのとき、右後方上空から飛行機の爆音が聞こえた。後ろと中央にいたリーダーが、

「敵機が来たぞ。みんな道路の斜面に伏せろ！　動くなよ！」

と大声で叫んだ。

訓練されていたので、みんな素早く道路の左右の斜面にダイビングをした。

私は、道路に向かって左側の斜面に飛び込んだ。うつ伏せになって息を殺してじっとしていた。

飛行機の爆音が次第に大きくなり戦闘機一機が超低空飛行で近づいてきた。

突然。「ダダダダダァ〜ン」と無差別に乱射する機関銃の連射音が聞こえた。

道路には砂煙が、もうもうと舞い上がった。パラパラと小石が無数に飛んできた。頭から砂をかぶった。

反対側の斜面で「ギャ〜」とか「ワァ〜」とかいう悲鳴が聞こえた。

何が起こったのか分からない。じっとしていたが、こわごわ首をかしげ空を見た。

戦闘機は、無差別に機関銃を乱射していた。ほんの一瞬だったが、ヘルメットをかぶった操縦士の米兵の顔がはっきりと見えた。そして爆音と共に上空へ飛び去っていった。

また、来るかもしれないと思うと恐くて声も出せなかった。泣いている子もいた。

再び来るかもしれない。上級生が「まだ動くな。もう少し待て」と何度も叫んでいた。息を殺してじっとしていたが生きた心地はしなかった。

幸いなことに戦闘機は、旋回することもなく南の空へ消えていった。

リーダーの上級生が、

「もう来ないだろう。大丈夫のようだ」

と言った。みんな立ち上がった。

後列にいた四～五人は、戦闘機が向かってくる斜面に避難したので、まともに銃撃を受けた。血だらけになってうつぶせに斜面に横たわっていた。恐かった。即死だと思う。上級生たちが、それぞれの名前を呼んでいたが応答はなかった。

私たちは、反対斜面に伏せたから助かった。運命の分かれ道だった。

リーダーの上級生が、

「撃たれた人がいるので、俺たちが学校と連絡をとる。ここは俺たちに任せろ。あとは、みんな早く家に帰れ！」

と大声で帰るよう指示をした。

私を含め生き残った生徒たちは友達の遺体を見るのも恐くて震え、みんな後ろを振り向かず一目散に必死に走ってそれぞれの自宅へ向かった。

翌日知った。三〇人のうち五人が尊い犠牲となった。学校は翌日休校となった。

何の罪もない幼い子供たちを容赦なく攻撃するアメリカを強く憎んだ。

注：「機銃掃射」 アメリカの航空母艦に積まれたプロペラ戦闘機（グラマンと呼んだ）が飛来して低空飛行をしながら機関銃を連射し人や列車、建物を攻撃すること。

三、片田舎から市街地に転宅。今度は焼夷弾攻撃に遭う

小学三年生になったある日、祖父と叔母が外出から帰宅した。

家族全員が揃い、いつもの夕食時、祖父が口を開いた。

「この草薙周辺には、まだ軍の施設が残っているようだ。ここにいては、また、恐い目に遭うかもしれない。もうこりごりだ。これまで家族も家も無事で何よりだった。ここはまだ危ないと思われるので、実は、静岡市の外れにいい家が見つかった。そこへ引っ越した

いと思っている」

と話をした。

これまで家族は、艦砲射撃、爆弾攻撃に遭い、私は、機銃掃射にも遭っていたので転宅は全員賛成だった。

新しい転宅先は、静岡市の北東に当たり、まだ田んぼや畑が残る市街地から外れた銭座町というところへ引っ越すことになった。

新しい自宅は、家並みもまばらで静かな住宅地の平屋建ての借家だった。

本通りから一筋南側の通りに面し、家の前には防空壕もあり、道を挟んだ向かい側はずっと畑が山まで続いていた。その山はみかん畑で、そこには、横穴式の防空壕が幾つもあった。その頂上にＮＨＫ放送局の鉄塔が見えた。みんな「放送局の山」と呼んでいた。

学校は、自宅からほど近い横内国民学校（小学校）で二度目の転校だった。私は、人懐っこい性格だったので同級生にも学校にも直ぐに慣れて友達もできた。

話す言葉も、いつの間にか関西訛りの関東弁で話していた。

以前のような言葉によるいじめはなかった。学校生活も楽しく転宅して本当に良かったと思った。

その頃、アメリカの空爆によって京都を除く日本の5大都市が爆撃で破壊された。苦戦を強いられていた日本軍は、本土を守る防衛力すら弱体化していたようだ。地方都市である静岡市は、まだ空襲に遭っていなかった。しかし、いつ爆撃されるか分からない不安を感じながらも、その当時は、みんな平穏に暮らしていた。

そんな折、一九四五（昭和二〇）年六月一九日の夜半。静岡市は、忘れられない恐ろしい日となった。

攻撃はいつも真夜中で警戒警報も空襲警報も鳴らず、家の外が騒がしくなっていた。

隣のご主人が、

「棚橋さん。空襲ですよ」

と大きな声で玄関の戸を叩いてくれた。

祖父が、

「みんな。起きろ！　空襲のようだ。玄関先の防空壕に行け！」

と家族を叩き起こした。枕元の防空ずきんをかぶり毛布を持って寝間着姿のまま玄関を出た。

外は、真夜中なのに真昼のように明るかった。空を仰ぐと無数の照明弾が落下傘にぶら下がりながら降下していた。そして、B29爆撃機が編隊を組んで静岡市上空を群れをなして旋回しているのが見えた。

西に当たる静岡の中心街は真っ赤な炎に包まれ街全体が激しく燃えているのが見えた。

暫くすると「ドドォ～ン」と大きな音がした。一〇〇メートルくらいの先の住宅に焼夷弾(注)が落ちた。

落下すると同時に炎が上がり炎上した。

それを見て私は、恐くて唇が震え話すことができなかった。

祖父が母に命じた。

「愛子！　二人の子供を連れて放送局の山へ逃げろ！　わしらはここに残って家を守る」

と叫んだ。母は躊躇していた。

「子供には将来がある。早く行け！　ここは、わしらが守るから。早く逃げろ！」

と怒鳴るように言った。その時の祖父の形相は鬼のように凄かった。

「逃げろとは、生きろ」という意味だった。

母は「お父さん。分かった。くれぐれも、気を付けて。早く逃げてね」と心配そうに言葉を残し、後ろ髪を引かれる思いで、私と妹の肩へ毛布を羽織らせ妹を背中に背負って、私の手を引っ張りながら山に向かって駆けだした。

火の手が、どんどんと近づいてくるように思えた。風向きによって火の粉をかぶり熱風を感じた。炎と照明弾のあかりで道路は昼のように明るく照らされていた。

四つ辻を曲がったところにおじさんが一人で立っていた。

「おじさん。ここにいては危ないです。私たちと一緒に山へ逃げましょう」

と母が誘った。

「間もなく妻がここに来ます。私はここで待っています。先に逃げてください」

「そうですか。ここも燃えてくるみたいですので、くれぐれも気を付けて。それでは、お先に」

と言って駆け出した。

一〇メートルくらい行った時、後ろで「ギャァ〜」と大きな悲鳴が聞こえた。

振り向くと先ほどのおじさんが倒れて、頭蓋骨が割れて脳みそが流れ出し辺りが血の海になっていた。何か分からないが重い金属物が空から落下して頭に直撃したようだ（不発弾だと思う）。

私は、おじさんの遺体を見て、この世のものと思えない姿に全身の震えが止まらなかった。

私は指さして「おじさんが……あんなに……可哀想」と呆然として立ち止まっていた。火災による熱風が吹いてきてかなり熱さを感じるようになっていた。

母が、

「正夫。もう、おじさんは助けられないから早く山へ逃げよう！」

と手を強く引っ張った。妹が泣きだした。母は、泣いている妹を背負いながら急な山道を駆け上がった。

山のミカン畑にも焼夷弾があちこちに落ちて燃えていた。煙たくて目も痛かった。山には横穴式の大きな防空壕が何カ所もあった。

母が、

「小さい子供がいます。お願いですから防空壕に入れて下さい」

と何度もお願いした。しかし、どこも満員で入れてくれなかった。

母は、しかたなく大きな岩を見つけて、その下に私と妹を両脇に抱えて毛布をかぶして地面に伏せてくれた。

「空襲が終わるまでここにいようね。ここにいたら大丈夫だから」

安心を与え抱き寄せてくれた。

そのとき、生まれて初めて母の慈愛と優しさを感じた。

空襲は、明け方近くまで続いた。街は、煙の合間から赤い炎がちらちら見えた。


どれくらいの時間が経過したのか分からなかった。飛行機の爆音が次第に小さくなっていった。東の空が明るくなってきて夜も明けてきた。

山の上から眺める下界は、くすぶる煙で見えなかった。

「お母さん。おじいちゃん、おばあちゃん、叔母ちゃんたちは大丈夫やろか？　うちの家は、あるやろか？」

母は、

「分からないよ。ほんとに心配や。早く山を下りて確かめに行こう」

と不安な顔で恐る恐る煙を避けて下山し出した。顔も寝間着も毛布も泥で汚れて真っ黒になっていた。下山する人たちは、心配と恐怖でみんな無言だった。

山から下りると煙たなびく中から家並みが見え隠れした。

母が、

「正夫。うちの家辺りは燃えてないみたいよ」

と言った。幸いにも住んでいた銭座町一帯は焼夷弾も落ちずに、しかも風上にあったので焼け残っていたのだ。

「良かった」と思った。

私は、思わず夢中になって駆け出していた。玄関前で立ち止まり指を差した。

「お母さん。ほら。見て。見て、うちの家が焼けてない。焼けてないよ」

と嬉しくて泣きながら大声で叫んだ。

そして、急いで玄関の戸を開けて飛び込んだ。

祖父母と叔母たちが疲れて座敷に座っている姿が見えた。

母と私は「ただいま。大丈夫だったね」と涙ぐみながら寄り添っていった。

全員手を取り合って嬉しくて喜び合った。私は、おばあさんに抱かれて泣いていた。

「みんな無事で生きていて良かった。ほんとに良かった」

と祖父も涙を堪えて、

「無事で何よりや。良かった。良かったぁ」

と私の肩を優しく叩いてくれた。

そのときの祖父の手のぬくもりを今でも忘れられない。

家も家族も無事だった。皆の喜びようは並大抵ではなかった。


過去の記録によると、静岡大空襲は、一九四五（昭和二〇）六月一九日の深夜から未明にかけて約三時間の空爆だった。

上空をＢ29爆撃機約一四〇機が旋回し、投下した焼夷弾数は、一〇万五四八九発、死者一七六六名、負傷者六六五四名、焼失世帯数二万六七三二戸で、全世帯の六六％が焼失していたことを知った。


静岡大空襲の後、一難去ってまた一難。今度は深刻な食料難に直面した。

注：「焼夷弾」 編隊を組み都市の上空を焼夷弾を積んだＢ29爆撃機が旋回して、焼夷弾を落とした。

焼夷弾には、金属製の筒の中にゼリー状の油脂（ガソリン）などが充填されている。地上に落下すると同時に油脂が飛び散り激しく炎上する。都市を焼き払うために開発された爆弾のこと。

四、食べられるものは何でも食べた

当時の日本政府は、国民より戦地で戦う兵士へ優先的に食料を確保し現地に送っていた。そのため、国民への食料事情はますます悪くなっていった。そして、無慈悲にも国民に耐乏生活を求めてきた。

物価が高騰することを抑えるため物価統制を敷いた。各家庭の家族の人数で切符が配られ、お金があっても、切符の枠内でしか食料を買うことはできなかった。

国民は、生きていくだけで精一杯の生活を強いられた。少し前まで、お米のご飯が食べられたのに、それが玄米と麦の配給となり次第に麦の割合が増えて、その麦さえも配給量が減っていった。

我が家も当初は、お米の多い「おかゆ」だったが、米の量が減らされたので天井の映るような雑炊に変わっていった。最後は、米も麦もなくなり野菜だけの雑炊が主食となった。

私は、小学三年生の食べ盛りなのに、食べる物がなくお腹が減ってめまいやふらつきを起こしていた。鏡で見ると、頰はやせこけ、あばら骨が見えるがりがりの体になっていた。

学校から帰ると「おばあちゃん。お腹すいた」とよく訴えた。

それを聞いた祖母は、

「正夫。ごめんね。ひもじい思いをさせて。お腹いっぱいご飯を食べさせてあげたいけど、今は、それができないの。何にも買えないの。暫く我慢してね。今にきっと、お腹いっぱい食べさせてあげるから」

と優しく話してくれた。

「おばあちゃん。よく分かるけど、僕、辛抱できへんわ」と言った。

祖母は、黙って僕を抱き寄せ涙ぐみながら、

「正夫。これサトウキビの茎やけど、噛んでいると甘くておいしいよ」

と渡してくれた。何かを口に入れていると空腹感が不思議と和らいだ。


その夜のこと。私は、しんどくて早めに布団の中で寝ていた。

ひそひそと祖父母の会話が聞こえてきた。

祖母が、

「おじいさん。配給米ももう底をついた。家族みんなに、ひもじい思いをさせるだけや。私、可哀想で可哀想で見てられへんわ。近所の人から聞いた話やけど、農家に着物や衣服を持っていけば、内緒でお米（ヤミ米）や食物と交換してくれると聞いたわ。私がお嫁に来たとき、京都から持ってきた着物が何着もあるので、それを手放そうと思ってます。おじいさん。いいやろか。どうやろ」

と祖母が話していた。

祖父は、

「とても有り難い話やけど、お前がとても大事にしていた形見の着物もあるのに、ほんとにそれでもいいのか？　後悔しないか？」

祖母は、

「こんなご時世やし、私は、もう着物なんか着ないわ。京都の着物は、いい物が多いので、きっと農家の人も喜んでくれると思う」

「そうか。おやゑ。すまんなぁ。お前にそんな辛い思いまでさせて。悪いな。ごめんな」

と話し合っているのが聞こえた。

家族の飢えをしのぐため、京女の一番大切にしてきた着物を手放し、お米に替えてくれる決断をした祖母の優しさに心から感謝した。

私は、布団の中で「おばあちゃん。ほんとにありがとう」と涙を流して聞いていた。

翌日、祖母は、お米を背負って帰ってきた。祖母は、着物の事は一切言わずに、

「農家のお手伝いをしてきたので、お米を分けてもらったよ」

と家族に話していた。


その日の夕食は、家族全員、お米のご飯と梅干しに沢庵と大根と小芋の入った味噌汁で、久しぶりのご馳走だった。

「お米のご飯は、やっぱりおいしいわ。おばあさん。ありがとう」と、みんなからお礼を

言われながら白米のご飯の有り難さに満足し満腹感を味わった。

「ご飯は、今日だけやからね。明日からは、また始末してお米の雑炊に戻るからな」

と祖母は笑いながら言った。

そして、祖母の着物は、次々とお米に替えられていった。

肉や魚、卵が全くなく、お金があっても買えなかった。タンパク質が不足した。

それを補うため、祖母は私に言いつけた。

学校から帰ると「正夫。田んぼや川に行って、いなごやザリガニ、どじょう、たにしでも、何でもいいから取ってきて」

と毎日のように頼まれた。


学校から帰るとそれらを取りに行くのが日課になった。


「**いなご**」を取りに行くとき、祖母は、長く糸を通した縫い針を準備してくれた。

「これに、いなごを突き刺して持って帰ってきて」

と渡された。収穫前の田んぼには「いなご」はいっぱいいた。

「いなご」は、稲束の表に止まっていた。人が近づくと、バシャと音を立てて稲束の裏側に身を隠した。それを狙って素早く手で掴み、一匹ずつ「いなご」の胴体に針を突き刺した。三〇匹から五〇匹くらい数珠つなぎにして持って帰った。

祖母が、喜んでくれた。フライパンを暖め「いなご」を入れて塩で味付けをして煎ってくれた。砂糖の配給はなかった。代わりに人工甘味料の「サッカリン」を使い甘辛の「いなご炒め」を作ってくれた。

炒られた「いなご」の足を掴んで食べた。気持ち悪いとか気味悪いとか、そんなことは誰も何も言わずに生きるために黙って食べていた。

「ザリガニ」も食べた。「ザリガニ」を捕るため、田んぼでカエルを捕まえて、残酷だったが両足を押さえて腹わたを出し、足を糸でくくりつけて竹竿にぶら下げた。

それを、川に投げ入れ時間をおいてゆっくりと引き上げるとカエルのはらわたを「ザリガニ」がはさみで挟んで数匹ぶら下がってくる。

それを、虫取りアミで素早くすくって捕まえた。すぐにバケツがザリガニでいっぱいになった。面白いほど獲れた。

祖母は生きた「ザリガニ」を綺麗に洗って、塩水で茹でてくれた。尻尾を中心に食べた。エビのような味がしておいしかった。一番よく食べた。

「どじょう」は、祖母が好きだった。川の水草が生い茂っている暗部に「ザル」を置き、左足で泥をザルに寄せ、両手で泥といっしょにザルをすくい上げる。

泥の中に「どじょう」が数匹入っていた。バケツに「どじょう」を入れて持ち帰った。それを祖母は「どじょう」の泥を吐かせるため、一昼夜透明のガラスの水槽で泳がした。食べるときは、だしの入った鍋の中に木綿豆腐を一丁入れて、生きた「どじょう」を入れた。豆腐の周りを「どじょう」が泳ぎ回った。

炭火の七輪にその鍋を掛け、だしが煮えてくると「どじょう」は、熱いので豆腐の中に次々に潜り込んでいく。時間とともに強火になり沸騰して煮え切ったところで「どじょう」入りのだし豆腐が出来上がった。それを、祖父母は、おいしそうに食べていた。

私は、ヌルッとしたものが嫌いなので食べなかったが、「体に良いから食べなさい」と言われ我慢して嫌々食べたときもあった。

メリケン粉が配給された日から数日間は、いつも団子汁ばかり食べさせられた。

電気の知識のある祖父が「**簡易蒸しパン器**」を作ってくれた。

米を量る一升枡の両側に銅板を挟んで、サッカリンで溶いたメリケン粉を流し込み、一〇〇ボルトの電気を銅板に通電した。銅板に挟まれていた溶かれたメリケン粉が蒸しパンになった。私は、そのパンが大好きでよく作ってもらった。

しかし、一〇〇ボルトの電気コードを直接銅板にハンダ付けしているため、とても危険なので祖父でないと作ってもらえなかった。

後日、人から当時の銅板は不純物が多く含まれているので中毒を起こすと言われた。

祖父は使うのをやめてしまった。好きだった蒸しパンは、その後食べることはなかった。

野菜も入手困難となった。雑炊の中には、まともな野菜はなく、薩摩芋のつるや大根の葉っぱばかりになった。その後、メリケン粉の団子汁が主食となった。

ある日、調味料の「**塩**」がなくなった。

祖母が、

「正夫。塩がなくなったので、静岡の海岸まで海水を汲み取りに行くから、一緒に手伝って」

と用事を言いつかった。自宅から海岸まで往復一〇キロメートルあった。

祖母が、空の一升瓶を四本持ち、私は二本持たされた。それにバケツとヤカンを持って海岸まで歩いた。波打ち際でバケツで海水を汲み取りヤカンに移し、それを六本の一升瓶に流し込んで栓をした。とても重たかったが頑張って持ち帰った。

不純物を沈殿させるため、食器用の金タライに海水を入れて一昼夜置いて上辺の塩水のみを杓子で掬い清潔なガーゼを載せたグラスに注ぎ込んで濾過した。

その海水を「塩」の代わりに煮炊き物に使った。

まだ、電気冷蔵庫のない時代だった。

貯蔵や保存ができず、食べ物がたくさんあっても腐らせるだけなので、食べる量のみを確保しながら、やりくりをし飢えを凌ぎ暮らしていた。

戦時中は、生きるためにいろんな知恵と工夫を凝らしていた。

●たまに食べた魚（鰯が多かった）は、骨も皮も何も残さず全て食べた。

●家族全員が、一つの鍋を囲んでみんなで食べた。
●ごった煮の鍋にすると栄養もあり量も食べられた。
生きるために、食べられるものは何でも食べた時代だった。

やりくり上手な祖母の知恵と創意工夫に驚き感謝していた。

五、原子爆弾投下で日本は無条件降伏し終戦を迎えた

小学三年生の夏休みだった。

一九四五（昭和二〇）年八月一四日（終戦の前日）の夕食時、家族全員が揃った。

五七歳になった祖父が話を切り出した。

「今月の初めに広島と長崎に新型爆弾（原爆のこと）が投下されたようだ。

これまでにないほど大勢の人が亡くなったそうだ。戦争はかなり厳しくなってきている。

実は、明日の正午に天皇陛下が初めてラジオ放送（玉音放送）されることになった。

天皇陛下が自らお話しされるのは初めてだ。めったに聞けないことだ。

恐らく重大な発表だと思う。本土決戦とか一億総玉砕とか、日本人としての覚悟を国民に促されることだろうと思う。みんな、心して聞こう」

と言った。

私は、子供ながらに大変なことが起こりそうな予感がしていた。

翌日の正午前。祖父が、家族全員ラジオの前に座らせた。みんな正座した。

正午の時報が鳴った。耳をそばだてた。

「ただ今より重大な放送があります。全員起立願います」

とアナウンスされ国歌『君が代』が流れた。

昭和天皇の声が初めてスピーカーから流された。放送は、わずか5分くらいで終わった。

しかし、天皇陛下の御言葉は、文語体というか古語で語られたので難しすぎて、内容は理解できなかった。

祖父のみが内容を理解していた。祖父が解説をしてくれた。

「今の天皇陛下のお言葉は、日本が戦争に負けたということを言われたのや」

「えっ?」「日本が戦争に負けた?」「何で?」「そんなこと信じられへん」

みんなあ然として暫く無言の状態が続いた。

祖母が、

「ほんなら、もう恐ろしい空襲は、ないんやな」

とポツリと言った。

「そうや。負けたから、もう攻撃されることはない」

と祖父が答えた。

国民は、これまで、「天皇を神として敬い、忠誠を誓い、天皇のために戦う」と軍事教育を受けていただけに、喜んでいいのか、悲しんでいいのか複雑な気持ちで一杯だった。


放送後、日本が戦争に負けたことが信じられなくて、近所の人たちも騒がしく口々に
「戦争に負けた？　本当だろうか？」

とみんな疑心暗鬼を生じていた。

ラジオのニュースは、

「日本は、連合国に対し無条件降伏をし戦争は終結しました」

と盛んに伝え続けていた。敗戦は、国民に大きな衝撃を与えた。これで戦争は終わった。静岡で終戦を迎えた。戦争の恐さから解放されて気分的には安堵した。

軍国主義を押しつけてきた日本政府が解体され暫く無政府状態が続いたが、日本は、アメリカの占領下となり支配された。当然混乱も起こっていたようだ。

静岡の市街地は大空襲で殆ど壊滅した。私たちは、ほんとうに運が良かった。住んでいた地域も学校も幸いにも戦火から逃れた。

住む家も家族も全員無事でこんなに有り難いことはなかった。

しかし、生活面では、母や二人の叔母たちが働いていた会社が焼失し無職となった。我が家は、経済的に苦しい生活に追いやられた。

また、母とお付き合いしていた男性は、戦争犯罪人として捕らえられ処罰されたと知らせが入った。母は、その人と別れた。その後、母の性格が変わっていった。自分本位となり家族や子供のことを余り構わなくなっていた。

わがままを許さない祖父母によく意見されたが聞かなかった。

六、終戦後ひどい食料難に直面。そして、京都に戻った

戦争は終わったが、国民の混乱状態は続き、特に以前より食べ物が入手困難となった。耐乏生活がさらに強いられた。お金があっても物を買うことは、かなり難しくなった。

配給制度が敷かれ、生活必需品や食べ物が、それに縛られ自由に買えなくなった。食べ物が配給されても遅配が頻繁に起こった。主食を配給制度に頼っていては、とても空腹を満たすことはできなかった。

毎日の食事は、これまでより惨めになった。米の入っていない野菜汁の雑炊ばかりが、主食となった。私は、さらに痩せこけて栄養失調になりかけていた。家族全員が痩せていた。祖父母は、

「わしらより、育ち盛りの正夫や陸美に食べさせてやって」

と自分たちが食べる雑炊まで分け与えてくれた。これまでにない、ひもじい生活が続いた。

私は、お腹が空いて遊びに行く元気もなくなって寝そべってばかりいた。

あるとき、

「おばあちゃん。僕、お腹が空いてしんどいわ。何か食べる物はない？」

と訴えた。

祖母は、

「正夫。今日ドングリの粉が手に入ったから、ドングリの蒸しパンを作ってあげる。そこで待ってて」

と言って急いで蒸しパンを作ってくれた。

「これだけでも食べればお腹がふくれるから」

と手渡された。

「おばあちゃん。ありがとう」

そう言いながら奪うように取ってむさぼるようにガツガツ食べた。

サッカリンで味付けされていたが、甘にがくてまずかった。

それでも我慢して食べていた。

いつも、祖父母は自分たちが食べるものを優先的に僕たちに食べさせてくれた。

祖父母にすまないと思いながら食べた。

食べ終わると、

「正夫。食べたら、コップで水をたくさん飲みなさい」

と勧められた。

固形物を食べた後は、必ず水かお茶を大量に飲まされた。

胃袋の中で食べた物を水分で膨張させて満腹感を感じさせるためだった。

家族は、栄養不良となり瞬く間にみんな痩せこけていった。

まともなご飯は、いつになれば食べられるのか不安が募るばかりだ。


今から思えば、誰も病気にならずによく生きてこられたと不思議に思う。

痩せていても頑張り屋の祖母は、蓄えていたタンス預金だと思うが、家族のために毎日「買い出し」に出かけてくれていた。

田舎の農家に出向き、お金で食料を買い付けたり、残り少なくなった自分の着物や衣類を惜しまずにお米と交換し食べ物を工面してくれた。本当に祖母に感謝する日々だった。

終戦後、暫くすると焼け野原となった静岡の中心街で「ヤミ市」が出始めた。焼け野原の土地を無断で占拠し、土地の持ち主も分からず警察も取り締まることはできなかったようだ。

ヤミ市で、戦地から引き上げてきた軍人たちや、ヤミ業者が商売を始めていた。自分たちの持ち物やブローカーの品物、農家から横流ししてきた米や生活必需品が売りさばかれていた。

とにかく物がないので高くても、ヤミ市で必要な物を買わざるを得なかった。売られていた物の大半は食べ物と衣料品で、ヤミ市は、いつも大勢の人たちで賑わっていた。


祖母は、痩せている私を心配して、いつもヤミ市の高い食べ物を買い与えてくれた。

サツマイモ、トウモロコシ、メリケン粉の蒸しパン、おでん、雑炊などで、だいたい五円から一〇円で売られていた。

その中でも、私が好きなメリケン粉の蒸しパンをよく買ってくれた。

「おばあちゃん。いつも、ありがとう」

と感謝を言った。

「正夫には、お腹いっぱい食べさせてあげたいけど、これだけしか今は買えないから、ごめんね。それを食べて少しでも元気を出しな」

と励ましてくれた。

どんな時でも、祖母の心からの優しさは変わらなかった。


ある日のこと、学校から帰ると、祖父母が、一升瓶に玄米を入れてサクサクサクと音を立てて棒で玄米をつつき精米作業をしていた。

その日の夕飯は、ゆげの立った白いご飯が、おひついっぱいに入っていた。

それを見た家族みんなが喜んだ。

祖母が、

「いつも懇意にしている農家のお掃除を手伝ってあげたら玄米と卵をもらった。今日は思い切りたくさん炊いたから、おなかいっぱい食べてや」

と笑顔で話した。

茶碗には、てんこ盛りのご飯と卵の入った野菜スープが添えられていた。

大変なご馳走だった。

「うわぁ。おいしい」

と久しぶりに満腹感を味わった。

家族のために一生懸命尽くし守ってくれている祖母の姿に心から感謝した。

祖母が着物の物々交換で知り合った農家の方と、とても気が合い懇意にしてもらったお陰で、食べる物は徐々に改善されていった。

私も、体重が減ってきていたが徐々に回復し元気を取り戻していった。

戦時中は、「空襲が来るから早くご飯を食べなさい」とよく急がされた。そのためか、早食いの習慣がついていた。

食事をゆっくり楽しむとか味わうとかではなく、「生きるために食べる」のが普通だった。とても嘆かわしいことだと思っている。

その後、静岡の街は、戦災家族や孤児、傷痍軍人、復員者などでごった返していた。

世情不安も続いた。また、静岡には親戚も知り合いも頼るところは全くなかった。

暫くして、考えてもみなかったことが起こった。

焼け残った家や家族に対し、被災した人たちがねたみや恨みを抱き、嫌がらせが起こりだした。

警察力も弱く、押し込み強盗も頻繁に発生し物騒な世の中に変わっていった。

しかし、復興の槌音は急ピッチで進みビルや会社が街に建ち始めた。

活気がみなぎってきた。

我が家の、母や叔母たちの就職先も決まって経済的にも少しずつ回復へ向かっていった。

治安も徐々に安定し、やりくりしながらも人間として何とか暮らしていけるようになっていった。

戦後の傷跡は、時と共に少しずつ薄らいで、いつの間にか一年が経過した。

私は小学五年生になった。ある日の夕食時、祖父が語り出した。

「京都は、戦災に遭ってない。静岡に引っ越さずに京都にいれば良かった。わしの判断で転宅し、皆を恐い目に遭わせて申し訳なかった。皆にお詫びしたい。すまないと思っている。一番嬉しいことに家族全員が無事だったのが何よりだ。戦争も終わって、日本は、復興の方向へ動いている。馴染みの薄い静岡にいるよりも、親戚や知人の多い住み慣れた京都に戻って、一から生活を立て直そうと思っている。それが我が家にとって一番の幸せになるきっかけではないかと思っている。みんなの意見も聞きたい」

と家族に詫びて尋ねた。

頑固な祖父が、みんなに詫びたのには驚いたが、祖父は偉いと思った。立派な人だと思った。

家族みんな、祖父の言うとおり京都に戻って、一から出直そうと強い決意に変わっていった。行動力のある祖父は、すぐに京都の親戚に手紙を送り親戚の家の離れを借りられることになった。

爆撃によって、破壊された鉄道や道路が復旧するのを待った。

一九四八（昭和二三）年、小学校五年生の三学期に京都へ戻った。京都の親戚の離れを二間借りて、そこで暮らした。七条小学校へ三回目の転校となった。

親戚の家の間借りは、いつまでも居る訳にはいかず、また、七人が住むには手狭だった。

祖父が、新聞で見つけた京都市中京区六角御前の二階建ての借家に引っ越しすることになった。

六年生の新学期から朱雀第六小学校に四度目の転校となった。

ほぼ、一学年ごとに転校してきたことになる。

その家で、やっと落ち着きを取り戻し、勉学にも生活にも安定して暮らすことができた。

七、母と離別、祖父母を両親として慕う

一九四九（昭和二四）年四月。中学一年生になった。すっかり落ち着き自由に伸び伸びと勉学にいそしんでいた。

ところが、中学二年生のとき、悲しい出来事が起こった。

母は、京都に戻ってから、収入のよいダンスホールに勤務していた。そこで、露店で物売りを業とする男ぶりのいい年下の男性と出会い付き合うようになった。

そして、母は、その男性と結婚する約束を交わしたらしい。

その承認を得るため両親（祖父母）と話し合いが持たれた。

厳格で律義な祖父母は、その男性との結婚に反対した。理由は、その男性の不安定な職業と将来性、経済力を心配した。また、大事な話なのに仕事があるとして本人を連れてこなかったことも非常識で許せなかったようだ。

私も、当時の母の行動をみていると、わがままで自由奔放な性格に疑問を持っていた。小さい頃の母の優しさや慈愛はなく不満を感じていた。祖父の言い分を正しいと思った。

母と口論となった。祖父が言った。

「正夫たちは、どうするつもりや」

「二人を連れていきます。私たちが育てます」

「正夫に聞こう。お母さんは、お前らを連れて結婚すると言っている。お前はどう思うか」

と問われた。私は強く言った。

「僕、行くのいやや。おじいちゃんとおばあちゃんのここがいい。僕は、ここに住みたい」

ときっぱりと言い放った。

母が言った。

「正夫。そうか。お母さんについてこないのやな」

「うん。僕は、行かない」

母は、

「そう。それなら、もう勝手にしなさい！　お母さんはもう知らんから。勝手にするから」

と怒りを込めて言った。

母が、

「何を言うても、聞いてもらえそうにないから、私は、もう、この家から出ていくわ」

と怒って家を飛び出した。

私は、家を出て行く母を追いかけた。歩いていた母の着物の裾にすがった。

「お母さん。行かないで！　行かんといて！」

と泣きながら必死で懇願した。

しかし、母は、無言で私を振り切り顧みもせず去っていった。

地面にうつ伏せに倒れた。母の姿を睨み付け、

「お母さん。何で！」

とその場で拳を地面に何度も何度も叩いて泣き伏していた。衝撃だった。

そこへ、祖母が迎えに来てくれた。

「正夫。もう、いいやん。辛いけど、おうちに帰ろ」

と立たせて優しく学生服のほこりを払ってくれた。

泣きながら祖母と一緒に自宅に戻った。悲しさで暫く板の間で泣き伏していた。

祖父が、

「正夫。辛いけど、これから、おじいさんとおばあさんと一緒に仲良く暮らそう。頑張れば何とかなる。そのうち、きっと良いことがあるから、もう泣かないで」

と慰め励ましてくれた。私は黙って二階へ上がり、気持ちが治まるまで勉強机に座っていた。

母とは、どんなことをしてでも、自分より子供を守るものではないのかと思った。

その後、祖父母の愛を一身にあびる一方、自分と妹を捨てた無責任な母を極度に憎み許すことはできなかった。

そして、「ボクには、もうお母さんなんかいないんだ」と強く思い、そう思えるように自分を仕向けていった。

その後、母は、音信不通となり所在は分からなくなった。

私は、育ての親の祖父母を自分の両親だと強く思い慕った。

そのとき、大きくなったら、孫である私が祖父母を最後まで面倒をみてあげようと決意したのだった。

棚橋家は、母の収入がなくなり、叔母二人の収入となり生活は非常に苦しかったようだ。叔母たちの給料も殆ど家計につぎ込まれ、食べる物も質素な物で辛抱した。家計の苦しさは、私には伝えてはくれなかったが、祖父母の貯金も切り崩し何とかやりくりして暮らしてくれていたようだ。

私は、中学を卒業したら高校進学をやめて家計を助けて働きに行こうと思っていた。

八、祖父が私の人生を正しい道へ導いてくれた

中学三年生の冬休みだった。祖父が大事な話があるからと呼んだ。

「正夫。お前も一五歳になった。昔で言えば元服（成人）だ。そろそろ将来の進路を考える時期が来たように思う。実はな、お前の高校進学のことやが、どのように思っているのか考えを聞かせてくれないか？」

と聞かれた。

当然、高校に進学したい気持ちは強かったが、苦しい家計の実情を知っているだけに、それは言えなかった。

「おじいちゃん。ぼく中学卒業したら働きに行くわ。少しでも家の助けになると思うから」

と答えた。

「正夫。ありがとう。お前にまで心配かけてすまない。でもな、高校だけは出ておかないとこれからの時代は、いい仕事には就けないと思っている。わしは、お前に昼の高校に行かせたいと思っているが、いまの家の状況では、お昼の高校は難しい。そこで、わしの提案やが、しんどいと思うけど、昼働いて夜学ぶことができる定時制という制度があるんや」

と言った。

祖父は、私の将来を考えて何とか高校に行かせようと努力してくれていた。嬉しかった。

「定時制高校？」

「そうや。昼の高校より一年多い四年間の通学になるけれど、昼と同じ教育を受けることができるのや。夕方の五時半から夜の九時まで授業がある。お前、定時制を受験してみたらどうかな」

と言った。私は、電気のことに興味をもっていたので工業高校に行きたかった。暫く考え間を置いて答えた。

「おじいちゃん。僕、ほんとうは、高校に行きたかったのや。昼働いて夜勉強は、しんどいと思うけれど、電気のことに興味をもってるので将来のために受験してみるわ。おじいちゃん。ありがとう。受験勉強頑張ってみるわ」

「よう言うてくれた。明日学校の先生とよく相談して、どこの定時制高校を受けたら良いか聞いてみたら」

「うん。そうする」

と返事した。

翌日、進路指導の先生に相談した。京都市立洛陽工業高等学校の電気科に定時制があることを知った。電気科の募集人数は、京都市全体から八〇名と少なく合格するにはとても厳しい状況だった。

その高校に入りたいために私は猛勉強を開始した。

その努力が実って一発で電気科に合格することができた。祖父が、すごく喜んでくれた。

そして、先生が定時制高校に行かせてくれる理解ある会社を探してくれた。

この会社にも一発で入社試験に合格し社会人となった。

その会社は、京都市中京区の酒・醤油の問屋のM商店だった。そこの社長が夜学生に理解があった。入社当時は、六カ月間は見習いで、初任給は六五〇〇円だった。

私は、給料を全額祖父に渡し、小遣いはもらわず、必要な食費と学費だけもらった。

M商店での仕事は、最初は、受付電話担当で注文伝票発行の仕事をさせられた。みんなソロバンを使いこなしていた。私は、全くできなかった。仕事ではソロバンが必須だと感じた。

日曜日にソロバンを習うため塾に通った。小学生ばかりの中で社会人は一人だった。恥ずかしかった。初めは足したり引いたりばかりだったが、後半、割り算掛算も習い、暗算でソロバンを使うこともできるようになった。私は、習うのではなく仕事で使うので必死でソロバンをマスターした。

そのお陰で一年後には、経理で仕事をさせてもらった。台帳記入から総勘定元帳、試算表の作成を任され、順調に仕事をこなした。社員の皆さんからも可愛がられた。

定時制高校にも時間になると、上司が「棚橋君。学校へ行く時間だよ。もう帰りなさい」と五時までなのに四時半で退社させてくれた。

とても理解のあるいい会社に入社できたのでお昼は懸命に働いた。すっかりM商店の社風にも慣れ従業員からも信頼された。

昼働き夜学ぶことは、最初は、かなりきつかったが、慣れると当たり前となり何とも思わなくなった。そして、瞬く間に一年が過ぎた。

九、祖父がラジオの組み立て技術を教えてくれた

定時制高校二年生になった。

一九五三（昭和二八）年。ラジオはＮＨＫ第一と第二放送のみだったが、民間ラジオ放

送局（以下民放）が続々と全国で開局しだした。ラジオ全盛の時代になろうとしていた。

　ある日曜日の夜。食事が終わりくつろいでいた。M商店でどんな仕事をしているのか家族に話す機会があった。祖父が言った。

「正夫は、M商店の仕事にも慣れて順調にいっているようだ。とても良いことで申し分ないわ。お前はソロバンができなかったのに、できるようになった。努力したお陰や。

　これからの時代はな、人のできないことをしたり、人がやっていないことをする時代になろうとしている。そのためには、新しい技術を身につけておくことが大切や。お前も、ソロバンを塾で学んで身につけたから受付から経理へ回されたのや。ソロバンの技術が、お前を経理に導いてくれたんや。現在、電気の高校に行っているが、お前が、もし将来職を失うようなことがあっても、人のやれない技術を持っていれば直ぐに仕事は見つかると思っている。ソロバンの次は、わしが持っているラジオの組み立て技術を、お前に教えておきたいと思っている。ラジオの組み立ては趣味として習得すればいい。将来役に立つかも知れない。興味があれば、来週の日曜日から教えようか」

　と祖父が、まさかの提言をしてくれた。びっくりした。

「えっ。おじいちゃん。ラジオの技術を持ってるの。すごい。僕にラジオを教えてくれるの。前から興味を持ってたのでぜひ教えて」

と目を輝かせて頼んだ。


次の日曜日。二階の居間のテーブルに祖父と相対した。

「いいか正夫。これがラジオの配線図や。よくみなさい」

と祖父が手書きで書いた並四ラジオの配線図をみせてくれた。生まれて初めてみる真空管式ラジオの配線図は、記号ばかりでよく分からなかったが、未知なことだけに興味を持った。

祖父は、配線図を指差しながら、これが電波を受けるアンテナの記号だ。これがコイル、バリコン、真空管、抵抗、コンデンサー、スピーカー、トランス等、配線記号を一つずつ示し、その働きを説明してくれた。真空管には、プレート、グリッド、カソードがあるとか、電波がどのようにして音になっていくかを配線図上で順を追って説明してくれた。

祖父の自信に満ちた理路整然とした説明を聞いて学校の先生みたいだと思った。

そして、組み立てに必要な部品一覧表も渡してくれた。

当時、メーカー製のラジオは、高価だった。京都の寺町街にラジオパーツ店が軒並みできていた。並四ラジオの部品リストと一〇〇〇円を持たされて自転車で買いにいった。パーツを購入してわくわくして帰宅した。

早速、祖父の指導で組み立てに入った。

「アルミの筐体（シャーシー）に、真空管ソケット、電源スイッチ、ボリューム、コイル、アンテナ端子、バリコン、トランス等軽い物から順番に重たい物を取り付けていった。全ての取り付けが完了した。

「いいか正夫。必ず配線図を見て組み立てる習慣をつけなさい」

と言われ、電波の入り口のアンテナから順番に作業を始めた。

半田ゴテを初めて握った。祖父が、

「まず、アンテナ端子からコイルの一次側端子へビニール線を半田付けします。端子の穴に線を通し、糸半田が溶けて端子と線が丸く覆われるまでコテ先を当てていなさい」

と半田付けのコツまで教えてくれた。

祖父は、配線図に沿って部品と配線図を私に対比させながら、高周波回路から低周波回路、スピーカー回路、電源回路と全部品の配線を指示してくれた。

組み立てに三日間くらいかかった。全ての部品の組み立てが完了した。

「できたあ！　スイッチ入れていい？」

と言うと祖父が、

「待ちなさい。終わったからと直ぐにスイッチを入れてはいけない。配線図通り組み立てられたかどうか、赤鉛筆でなぞって確認をしなさい。赤鉛筆を持って。ではやろう。まず、アンテナ端子からアンテナコイルの一次側に半田付けされてるか？　下側の端子はシャーシーのアースへ半田付けされてるか？　二次側のホット側からバリコンへと線がつながっているか？」

と配線された実物を見ながら、間違いないか、一つずつ配線図を確認しながら赤鉛筆でなぞらされた。

結果は、間違いなく配線図通り組み立てられていた。

祖父は、何事も終われば、それで良しとせず、必ず正しいかどうかをチェックするよう心がけなさいと指導してくれた。これは、社会で役立つことだった。

「結線は正しいようだ。正夫。スピーカーをつないでアンテナ端子に五メートルくらいビニール線をつないで電源スイッチを入れてごらん」
と言われた。
恐る恐る「カッチ」と音がして電源スイッチを入れた。
四つの真空管のヒーターが赤く光った。
「バリコンをゆっくり時計方向に回していってごらん」
と言われ回した。
突然、「こちらは、NHK第一放送です」とスピーカーから音声が飛びだした。
思わず「やったあ!」と大声で叫んだ。とても感激した。すごく感動した。
「おめでとう。よくやった」
と祖父が笑顔で握手して褒めてくれた。
配線図を見て作ったラジオは、私に大きな自信を与えてくれた。
その後、自作のラジオを毎日聴いて楽しんでいた。
ところが、全国の民放局を聴くには、並四ラジオでは限界があった。
よく鳴ったが、感度が悪く雑音も混信も多いので少し物足りなかった。

暫くすると、アメリカから新しく五球スーパーへテロダイン受信機（以下五球スーパー）が日本で発表された。祖父は、五球スーパーのことは分からなかった。

私は、それに飛びついた。本を買ってきて、独学でその仕組みや理論を勉強した。

キャビネット付きの組み立てキットも発売された。メーカー品と比べるとデザインは劣るが調整をうまくやれば電気性能はほぼ互角のものが作れた。

並四ラジオと比べ五球スーパーは、北海道から九州までの民間放送局が受信できた。

その性能・機能の良さに驚いた。メーカー製のラジオは、当時一万円以上した。

ラジオを求める人が一気に増えた。私は、M商店の従業員、親戚、知人・友人から組み立てて欲しいと注文をたくさんもらった。当時、一五〇〇円で部品を仕入れ三〇〇〇円で引き受けた。

何台も組み立てたので小遣いには困らなかった。

M商店には約五年間勤務させてもらった。仕事上ソロバンや機械式計算機もマスターし、社会人としての事務職の実践力を身に付けることができた。

五球スーパー受信機の組み立てに没頭していた私は、配線図を見ないでも組み立てできるようになった。

そうなるとラジオ技術を活かした仕事をしたいと考えるようになった。

そして、新聞の就職募集欄を毎日見るようになった。

ある日。大手電機メーカーの幹部を知る叔母の紹介でラジオ修理技術者を募集していることを聞き飛びついた。

M商店の仕事を休んで大阪まで受験に行った。

五人採用なのに試験会場に行くと五〇人くらい受験生がいた。筆記試験と故障のラジオを時間内で修理する実戦テストも行われた。私にとっては、日頃から勉強していた内容ばかりが出題されたので短時間で両試験の解答をして提出した。面接も受けて帰宅した。

数日後、入社試験合格通知が自宅に届いた。

祖父から、

「正夫。おめでとう。〇〇電器に合格したよ」

と合格通知を見せられた。

「おじいちゃん。受かった。合格した。嬉しい！」

と合格通知を胸に抱いて喜んだ。

約五年間、社会人として育ててもらい恩になったM商店には申しづらかったが、思い切って社長に退職願いを申し出た。とても驚かれた。

「君は、本当によく頑張ってくれました。私は、この会社にずっと君に勤務して欲しいと思っていたが、棚橋君は、この会社にいるより○○電器に将来を託した方がよいと思う。この退職届は受理します」

と言われ円満退職することができた。私の立場を理解してもらい、とても感謝した。

一九五七（昭和三二）年四月。大阪の○○電器ラジオ部門に転職した。初任給は、八五○○円と多くなった。その後○○電器で、ラジオ修理部門からサービス企画、営業技術講師、名古屋の音響ショールーム責任者、そして大阪に戻りオーディオ学院、宣伝事業部催事担当として定年までつつがなく勤務させてもらった。

お陰様で波風はあったものの、幸いなことに良い人たちに恵まれ、祖父から上司から先輩から数々の格言や人生訓も教えられ、仕事の成功事例も学び、私なりに成長の原点を見つけ自分なりに成長していった。

一〇、社会人になって教えられた貴重な言葉

大阪で○○電器の社員としてラジオやステレオ部門の営業で勤務していたが、名古屋に音響ショールームが誕生し名古屋へ転勤して、約四年ばかり従事した。

目的が果たせたので再び大阪に戻るとき、名古屋営業所のO所長へ転勤の挨拶に行った。所長から、

「棚橋君、ショールームを順調に軌道に乗せてくれてありがとう。大変ご苦労様でした。君の功績を讃え、これからの活躍を願って、『人のために働く』という言葉を転勤祝いに贈りたい。控えて下さい」

と言われ手帳にメモを取った。

その言葉は、

「私が、自分のために働いていたときは、自分のために働いてくれたのは、自分だけだった。

私が、人のために、働くようになってからは、人もまた、自分のために働いてくれるようになった」


素晴らしい言葉を贈ってもらった。

この言葉を仕事の原点とし、常に意識しながら努力を続けた。

現役の頃も、定年退職後も「働く」を「活動する」に替え、この言葉を守り続けています。

そして、人とのつながりを大切に、今も実践し続けています。

おわりに

最後までお読み下さり、ありがとうございました。

あの戦争で、家族も家も全て無事でした。運が良かったとしか言いようがありません。

終戦の日から七五年が経ちました。

二〇一九年五月に元号が「平成」から「令和」に替わりました。

令和の時代も平成と同じく、戦争のない平和な日々が続くことを心から願っています。

「どんなことがあっても戦争だけは、絶対に起こしてはならないし、してもいけない」と強く思っています。


私が、戦中・戦後の動乱期、祖父母から学んだことは、恐怖や不安が押し寄せてきても、苦しくても辛くても常に明日を見つめ希望を持って生きることでした。

また、祖父からは、人間として一番大切な基礎・基本を教えられました。常に何が正しいかを判断し、実行していく行動力も学びました。そして、私が社会人になる寸前に教えてくれた「**人がやっていない、人のやれないことをやれ**」という言葉でした。

この言葉を忘れずに、私なりに人生を送り正しい道が歩めたと思います。

祖母からは、人として大切な躾や礼儀作法を教えられました。また、どんな場合でも諦めずに努力する姿勢や相手の立場に立った優しさで人と接することも教えてくれました。

祖父母も後半は、高齢になられお世話をすることが多くなりました。これまでの恩に報いるため、孫の立場でありながら同居して労を労い、亡き妻の惜しまぬ努力と支援も得ながら、亡くなるまで介護とお世話をさせてもらいました。天国できっと喜んでくれているものと思います。

私の就職、念願の会社への就職、そして、借家住まいを続けていた棚橋家の中で唯一自宅を持った安住の喜びはとても大きなものがあります。

人の道を教えてくれた祖父母は、私の誇りであり今でも心の支えとなっています。

思い起こせば八四年間、私の人生に紆余曲折はあったものの、立派な祖父母や先輩のみなさまのお陰で順調に人生を歩むことができました。もう、思い残すことはありません。

おじいさん。おばあさん。そして、人生の先輩たちに対してお礼を言いたいと思います。

「これまで、私を守り育てていただいて、ほんとうにありがとうございました」

心より感謝の気持ちを捧げます。

この本の出版に当たり、株式会社幻冬舎ルネッサンス新社様に大変お世話になりました。

この場をお借りしまして心よりお礼を申し上げます。ありがとうございました。

〈著者紹介〉
棚橋正夫（たなはし　まさお）
1936（昭和11）年、神戸生まれの京都育ち。1957年松下電器産業株式会社（現パナソニック株式会社）に入社。音響部門の技術営業などに携わる。定年後、アマチュア無線、ゴルフなど趣味の道を楽しむ。

戦争《せんそう》を知《し》らない君《きみ》へ

2020年8月7日　第1刷発行

著　者　　棚橋正夫
発行人　　久保田貴幸

発行元　　株式会社 幻冬舎メディアコンサルティング
〒151-0051　東京都渋谷区千駄ヶ谷4-9-7
電話　03-5411-6440（編集）

発売元　　株式会社 幻冬舎
〒151-0051　東京都渋谷区千駄ヶ谷4-9-7
電話　03-5411-6222（営業）

印刷・製本　中央精版印刷株式会社

装　丁　　荒木香樹

検印廃止

ISBN 978-4-344-92909-8 C0095
幻冬舎メディアコンサルティングHP
http://www.gentosha-mc.com/